DEVORADORES

DEVORA

MUSA
EDITORA

DORES

ASTOLFO ARAÚJO

ROMANCE

YA NO ES AYER; MAÑANA NO HA LLEGADO.
QUEVEDO

© Astolfo Araújo, 2008

ENTRELINHA DESIGN
capa, projeto gráfico e diagramação

JIRO TAKAHASHI
edição de texto e preparação

EQUIPE MUSA EDITORA
revisão

Imagem da capa: *Saturno devorando um de seus filhos*.
Óleo em gesso, transferido para tela, do espanhol
Francisco José Goya y Lucientes (1746/1828).
Data: 1820/1823. Madri, Museo del Prado.

Dados Internacionais de Catalogação na Publicação (CIP)
(Câmara Brasileira do Livro, SP, Brasil)

Araújo, Astolfo
    Devoradores / Astolfo Araújo. – São Paulo :
Musa Editora, 2008. – (Musa : ficção ; 8)

ISBN 978 85-85653-98-9

1. Ficção brasileira I. Título. II. Série.

08-01112   CDD-869.93

Índices para catálogo sistemático
1. Ficção : Literatura brasileira 869.93

Todos os direitos reservados.
Impresso no Brasil, 1ª edição, 2008.

Musa Editora
Rua Itapicuru, 231
05006-000 São Paulo SP
Tel/fax (5511) 3862 2586 / 3871 5580
musaeditora@uol.com.br
www.musaeditora.com.br
www.musaambulante.com.br

A KARIN
A ASTOLFO, AUGUSTO E EDUARDA

SUMÁRIO

1	O dossiê	09
2	*Qualquer*	15
3	Os temores	27
4	"Vamos ter luta"	35
5	O velho, em casa	41
6	Sushi contra big mac	47
7	As loucas amigas	53
8	Insônias e devaneios	57
9	Viva a FAI	63
10	Comissão de investigação	67
11	O folheto estranho	73
12	Espanha	81
13	As duas punks	99
14	Atrizes infelizes	105
15	Espelhos	109
16	Outra reunião	115
17	As idas de Raposo	123
18	Fumo grosso	129

19	Última parte	135
20	O caixão	141
21	Paixão	147
22	Das Flores comenta	151
23	Caso de rotina	157
24	La Coruña	161
25	A intuição	167
26	Retorno à Espanha	173
27	Ruas paradas	179
28	Boas notícias	185
29	Senhor Boris e senhor Ernesto	191
30	Bela Mússio	199
31	Algo de obstinado	203
32	Atrás do relógio	209
33	Só olhar	217
34	Passos finais	221
35	A revelação	227
	Posfácio	231

1
O DOSSIÊ

Sozinho, em sua sala, Dr. Marques folheia mais uma vez as velhas páginas do dossiê que o vêm desafiando há anos. Detestava a idéia de arquivar um processo sem solução. E agora vinha mais essa morte no condomínio Mutirão. Ainda os indícios são frágeis, mas na sua cabeça obcecada, essas mortes tinham forte ligação, apesar da defasagem de tantos anos. A sua cabeça alterna o interesse na investigação do novo caso que veio às suas mãos com as velhas páginas do dossiê.

```
Vítima: Rúbio Delgado
Data do falecimento: 1º/abril/1964
Designação: Homicídio
Pasta: 1245/64
Dia 10/4/64
```

  A vítima, Rúbio Delgado, um homem de 22 anos, branco, cabelos curtos, louro, medindo aproximadamente 1,67m. A vítima morava na Rua Aurora, 1345, quinto andar, apartamento 51. O apartamento é pequeno – quarto, sala, cozinha e banheiro – e o corpo estava na sala, perto da porta da cozinha. A vítima foi morta com um tiro na cabeça. O local é conhecido pelo tráfico de drogas, prostituição e zona de grande incidência de delitos.

A vítima era solteira, morava sozinha e foi encontrada morta pela testemunha, sua vizinha, Fátima Martins, às dez e meia do dia 1º de abril de 1964.

Afirma a presente testemunha, Fátima Martins, que a porta do apartamento da vítima se encontrava semi-aberta; que a vítima havia se mudado para o citado endereço há uns três meses; que conhecia pouco a vítima; que era "bacana com ela e com todas as mulheres do prédio que trabalhavam na Rua Vitória"; que nunca soube de nada que desabonasse a vítima; que não sabia quem poderia ser o criminoso; que trabalhava na noite; que ela viu a vítima, no dia 31 de março, entrar no prédio às 20 horas. Deu o nome do namorado e não soube indicar a profissão do mesmo, nem seu endereço atual.

Expedi um mandato, convocando Severino Abrantes, que será entregue pela testemunha.

Dia 15/4/64

Severino Abrantes nos recebeu no apartamento de Fátima Martins. No interrogatório, o homem informou que não possuía Carteira de Trabalho e vivia de biscates; inquirido, revelou-se um explorador de mulheres. Afirmou que a vítima não freqüentava a vida noturna; que sempre o cumprimentava; era simpático e se dava com todos; que não viu nada de estranho na noite de 31 de março; que nada ouviu na região sobre o assassinato. Tem certeza de que o assassino não era da redondeza.

Dia 20/4/64

Voltei a interrogar a testemunha, baseado em informantes que disseram tê-lo visto com a vítima no bar situado na Rua Vitória, 1267. A testemunha Severino afirmou que sabia que a vítima era um estudante pobre e que uma noite convidou-o a dividir um prato feito; que estava com sua amiga Fátima; que a vítima bebeu guaraná; que, no dia seguinte, trouxe uma chupeta para a filha de Fátima; que, perguntada sobre o que conversaram naquela noite, a testemunha deixou escapar que o estudante parecia um comunista. Pressionado, Severino mudou sua versão sobre a vítima, pois, se ele fosse um comunista, seria o primeiro a denunciá-lo.

Dia 20/4/64

Encontrei a testemunha Marcos Paranhos, aposentado da prefeitura municipal, morador no prédio da Rua Aurora, 1357. Vive no quarto andar, cuja janela da sala dá de frente para a janela da vítima. A testemunha afirmou que viu a vítima às duas horas da manhã do dia 1º de abril; que era a primeira vez que observara a sala da vítima, que estava iluminada; que um vulto ficou durante alguns segundos encarando-o, mas logo sumiu de sua visão; que, no dia seguinte, percebeu a movimentação da polícia, mas imaginou que estavam atrás de comunistas. Perguntado sobre o tipo físico da vítima, disse que parecia um jovem de cabelos longos. A descrição não confere com a da vítima. Presumo que se trata do assassino.

Dia 5/11/65
A pasta 1245/64, referente ao assassinato de Rúbio Delgado, passou para o arquivo de assunto não resolvido. Aguardam-se novas investigações a serem conduzidas em sigilo, pelo DOPS.

Marques hesita, mas guarda mais uma vez o antigo dossiê na gaveta. O escrivão vem se despedir.
— O doutor não quer mais nada?
— O ladrão já foi engaiolado?
— Cagou nas calças! Gostei como o doutor destravou sua boca.
— É experiência de vinte anos de janela. Já chegou o laudo da morte daquele gordo do Mutirão, o Raposo?
— Chega hoje pelo fax.
— Tá certo, bom descanso.
Marques abre o livro de Afonso Schmidt e assobia a Internacional Comunista; como que assolado pelo poeta, apanha um papel e escreve umas imagens poéticas.

2
QUALQUER

o condomínio Mutirão, idealizado nos anos 60 por sete jovens – agora já maduros –, Sérgio e Álvaro trocam e–mails.

De: Sérgio
Para: Álvaro
Assunto: relato
SP/14/2003

Oi, Álvaro.
Recebi seu e–mail com o texto. Falta algo, se vc deseja aplausos. Seu relato é construído como um texto literário. Não, não me xingue. Sei que o assunto é por demais íntimo para se expor como uma história de ficção, mas gostaria de me sentir leitor, de preferência, num chalé à beira de um lago sueco, ou olhando os Alpes. Este início – "eram cinco horas em ponto" mais parece nosso querido e esquecido Hemingway, seu grande amor dos anos 60.
Passo logo aí,
Sérgio

----- Mensagem original -----
De: Álvaro mutirão@kguc.com.br
Para: Sergio sergiom@ speedy.com.br
Data: sexta-feira, 10/11/2003 – 16:29
Assunto: relato

Conforme o combinado, segue anexo o íncio do relato. Palpite quanto quiser. Me ajude a lembrar os fatos que escaparam à minha memória. E não se esqueça: se algo me acontecer, leve adiante a tarefa. Talvez *Qualquer* ponha a cabeça fora da toca.

Álvaro

ANEXO

Qualquer

"Eram cinco horas em ponto de uma tarde de quinta-feira, o corpo de Rúbio havia sido depositado num caixão, tivera os olhos cerrados por sua mãe, o caixão enviado ao cemitério, as lágrimas da mulher e a solidão de um acompanhante. A mulher vestia-se de preto até os pés, caminhava a consumir o espaço atrás do caixão, os olhos enxergavam um infinito de tristeza e, calada e sozinha, seguiu até o túmulo rústico, sem cruzes, visitado pelo vento, que zunia. Acercou-se da cova, abriu a bolsa. Retirou, de um pequeno saco de estopa, um punhado de terra, deixou-o no ar a dissipar-se como pó no caixão antes que entranhasse no túmulo.

A revolução havia iniciado sua Era. Confesso que a raiva surgiria mais tarde, o sangue entornado de Rúbio aflorou na minha alma.

Hoje se sabe: na alvorada daqueles anos sessenta sucediam-se apenas as habituais encenações de ódios.

Havia gente rala, gente eclipsada em sonhar com mais soberbos valores que alimentariam o coração de alguns jovens, isto é, que se sangrasse o passado, que se deslindasse, em palavras tais como Liberdade e Socialismo, o íntimo som de encantamento demoníaco.

Isso acabou por jogar sete jovens num turbilhão de vidas e de mortes. E brotou *Qualquer*.

Estávamos em 1964, pelos idos de março, o sol brilharia mais frio, as dores pessoais iriam passar apressadas por corações inquietos.

A história que passo a relatar, pelo pouco que se conhece, talvez tivesse início pelos dias de dezembro de 1937, na Espanha, talvez num dia de inverno úmido das montanhas da Galícia. É de *Qualquer* a afirmação de que se tratava de um boa época, mas, note-se que *Qualquer* já executou em nome do seu passado. Vingava-se de um tal de Quiroga, um anarquista que parecia querer muito as nossas vidas. Ou as nossas mortes.

* * *

A morte, como uma labareda, queimava a memória de Rúbio: era a derradeira chama que se consumia: a mão terna da mãe, o alemão barbudo debruçado sobre a mesa na biblioteca de Londres, a lhe doar o seu rumo: a perplexidade do calor que lhe invadia a nuca: o reboar do tiro, a dor que extinguiu-se diante das chamas: tudo refundia em cinzas, tudo que nele restava entre o sangue nas veias e o bater descompassado do coração. Havia ido até o visor da porta de entrada, a olhar com a reverência do medo para o corredor obscuro do prédio, teme por demônios, teme pelo Dops. O rosto de *Qualquer*, o sorriso confiante que lhe faz escancarar a porta:" – não esperava você, desculpe a confusão, tenho prova na Politécnica": *Qualquer* sorri –" vamos empacotar as dinamites, você desce primeiro, vou depois", ordena *Qualquer*," não se preocupe, Sérgio foi avisado". Rúbio serena-se, afunda o corpo: apodera-se, debaixo da cama, de um pacote pesado –" não se amole, eu posso com ele" e exatamente nessa hora pressagia uma estranheza no silêncio alongado de *Qualquer*, sua respiração arquejante, forte. Rúbio contempla *Qualquer* de baixo para cima, se viu a arma, se estatelou os olhos, se o orgulho baniu um grito de medo, um espanto assombrou-lhe: a dolorosa revelação de que seria assassinado. Assim morreu Rúbio, como se morre entre um poente enfumaçado de sangue: o cálice de vinho quebra-se ao chão, o som agudo, como de sino que bate seco e ergue-se uma poeira em torno do seu corpo.

* * *

Rúbio estivera vivo ainda há pouco. Sérgio sente um débil calor no corpo, no chá deitado em duas xícaras desbeiçadas, o sangue corta seu rosto com um fio avermelhado. Sérgio engole em seco, a sala empobrecida por uma mesa tosca lhe parece um descampado sem lugares para se esconder, sabia-se medroso mas nunca suas mãos tremeriam como duas entidades agarradas por manias: o corpo de Rúbio implorava um gesto, algum ser vivo deveria acolhê-lo no calor da vida.

"Tentei agachar-me, apenas consegui acariciar seus cabelos louros, minha mão manchou-se com o seu sangue, senti medo e fugi da sala, vergonha que grudou em mim por muitos e muitos anos. Parecia vivo, com os olhos azuis, desmesuradamente abertos, e brilhantes como um cristal: as luzes da lua que traspassava pelas nuvens concediam ao corpo uma fugaz agitação: como a lhe trazer uma inquietação de quem, em vida, descria do Além". Naquele momento supremo, Rúbio confiava na natureza, com o trabalho dos vermes.

"Morto" – proferiu a palavra seca: desligou o telefone, concebia que Álvaro iria detonar o processo de fuga: dirigiu-se à Rodoviária, aportaria em Sorocaba.

Daquela madrugada, foi o que restou: nojo, medo e dor. Nunca mais os sete camaradas seriam os mesmos, com aquela morte, invingada, a cravar-se, sem reverência, na existência da rotina.

* * *

A história, com seus fados, acabou envolvendo sete jovens desassossegados que vagavam pelo mundo à procura de liberdade ou de algo que lhes acalmasse a alma. Jovens cujos corações eram frenéticos, mágicos, carregados pelas sombras e raios e que estavam possuídos de alguma folia intensa – folia que os levava a se sentirem eleitos para capitanear o povo à revolta, folia que os fazia esquecer da verdade: não é a vela que faz navegar o barco, mas o vento. Eles não decifravam os agouros assinalados, nem pelos ares, nem pelas aves de arribação, nem pelas entranhas dos peixes. Lembro-me de que um deles chegou a sorrir com soberba ao pai que lhe havia preconizado, depois de ouvir os murmúrios da rua: "Sabe, meu filho, o que sempre fez do inferno um verdadeiro inferno foram os que desejaram transformá-lo num paraíso".

Como torrões de um único corpo, existiam os jovens audazes sentados em seus trapézios volantes, à beira de um abismo. Operavam animados pela febre dos seres de alma pura que almejam alçar vôo sobre a longa paisagem, iludidos como espectadores hipnotizados por um mágico que fantasia cobras onde há cordas. A morte, que confiavam ser o destino dos inimigos, já os havia honrado com sua presença: alguns dos seus haviam sido precipitados para o imo. Arrebatados, talvez, pela sabedoria de quem sabe as regras do campo de batalha. Quem quer atingir o abismo deve subir as montanhas. Ademais, morre-se de ilusões, não de certezas.

* * *

Esta é a história de um jovem, doravante denominado *Qualquer*, talvez entre os anos rebeldes, aquele que o poeta acusará com as seguintes palavras: "Sempre estais odiando porque tu mesmo és o ódio. E que camarada fará entender isso ao camarada? Que policial ao policial? Que policial ao camarada?" Qualquer um responderia: "Não mata mais quem mata com ódio, mas nada paga a satisfação. Tudo pode se transformar: o lobo fugir da ovelha, o cão da lebre, o boi esfolar o açougueiro, o peixe fisgar o pescador, o burro montar no lavrador e até mesmo o rico dar ao pobre. Menos o ódio".

Sou complacente em afirmar que *Qualquer* iria concordar com isso, pois a morte que engendrou com certeza não lhe aplacará o espírito. Sua paz será o fado, o mesmo fado que arrebatou Rúbio e Raposo, um engenho tecido com paciência.

* * *

Nossa história terá seu prelúdio numa segunda-feira, dia 13 de maio de 1963, manhã como a de hoje, calma. Eu, já rapaz, surgi na estrada de ferro, curvado pelo peso da mochila.

Segurei os passos, empinei os olhos para a grandeza de uma torre de transmissão de energia, cujos contornos se consumiam no bojo da garoa fina. Avancei mais dez passos para entrever as águas da represa Billings, cobertas com uma pálida fosforescência. Parei mais de uma vez. Já conseguia examinar com mais atenção a torre, a estrutura de alumínio que fincava seus enormes pés na terra arenosa e alçava-se aos ares, encimada com braços que suportavam os grossos cabos condutores de energia. Meus olhos cerravam-se à luminosidade que anunciava um sol forte. Estava eu a esperar o que iria ocorrer quando despontou uma moça alta andando a passos largos. Era Beth.

– Os bons são os primeiros – levanto-me para recolher aquelas mãos geladas que empunham um cumprimento.

– Não foi nada fácil encontrar o desvio da barragem – a moça desconversa, sem evitar um tom irritado na voz. – Havia pescadores para todos os lados. Tentei passar despercebida, mas não deu – sorri mecanicamente.

— Veja — aponto para a torre.

— Bem maior do que eu imaginava — ela murmura, fascinada pela imponente massa de alumínio. Teve a impressão de que o rapaz estaria a fantasiar o mesmo: como seria ver tudo aquilo desabar, cair lentamente como um touro que se laça pelas patas. Era bom ver as coisas sagradas serem destruídas.

— Vai ser um espetáculo e tanto. Olha, a queda de uma torre levará as outras para o chão — anota a mulher, deixando escapulir um grito de euforia que lhe suaviza o semblante nublado.

— Tudo o que é unido cairá unido — filosofo em vão, ao perceber os olhos distraídos de Beth. — Quantas conduções você pegou? — perguntei a intentar amenidades.

— Umas quatro — respondeu entediada, demonstrando seu aborrecimento.

Insisti a tagarelar:

— De São Paulo venho de trem. Depois apanho um ônibus que me deixa na Anchieta. Já sou bem conhecido desse povo. Imaginam que sou uma espécie de escoteiro. Aprendi a cochilar encostado com a cabeça no vidro, aprendi com eles. "Ah, o admirável torpor e melancolia de ser pobre", me dizia um amigo sempre que via a gente cochilando no ônibus.

Calei-me. As imagens do ônibus, da gente pobre, envolveram-me com uma sensação tão real que senti medo. Como poderíamos rechear aquele vazio de pobreza, como poderíamos mover aquela infinita montanha? Minha infância engolfou-me, as folias com os filhos dos colonos da fazenda, aos quais me juntava, pelo menos até a hora do almoço — momento inevitável em que os outros meninos seriam tragados para a realidade do prato ralo de comida. Ah, as pequenas fomes que não geram revoltas mas raivas, a humildade do horizonte que bate nos casebres, na paisagem impura. Deus, como salvar essa gente?

Fiquei durante alguns minutos calado até que Beth estranhou e interrompeu meu devaneio.

— Você estava falando uma coisa e parou — disse.

Seus lábios mastigam frases. Puta merda, a mulher é eficiente!

— Estava pensando no nosso pessoal. — Desconversei, mas a voz me soou pálida, quase um gemido.

Percebi que a moça não estava me dando atenção e, num ato de ousadia, reforcei a conversa:

— Hoje na estrada achei um ninho de beija-flor com quatro ovinhos. Olha! — Retirei do bolso uma pequena caixa de chocolate e dela os ovos. – Eles vão morrer se não tiverem calor; vão morrer se não forem alimentados.

A moça olhou-me com frieza:

– Você sabe o que acontece com os filhotes que perdem a mãe? Ficam na esperança de comida até que chegue a morte. É melhor que não vinguem – fala com voz indiferente.

A mulher me amesquinhava, ela era um muro de Berlim. Ensaiei desatar a boca, mas calei-me. Tempo, precisava de tempo para alcançar um tom civilizado no rosto. Então caminhei até minha mochila, retirei um jornal, amarfanhei-o, remodelei-o como um ninho, depositei os ovos no interior do ninho de papel. Caminhei até as árvores e ajeitei o arranjo entre o galho mais alto que pude alcançar. A moça observava tudo com calma indiferença.

– Ao menos assim poderão morrer onde deveriam nascer – resmunguei.

Para encerrar a conversa, sugeri que fôssemos ao encontro dos outros.

* * *

Assim que chegamos, os rapazes descarregaram suas mochilas, armaram a fogueira e estiraram as redes de frente para as águas. Estavam prontos para ouvir Beth.

Ela iniciou sua palestra como uma professora à frente de um quadro-negro.

– As condições objetivas para a tomada do poder estão maduras, assim como estiveram em Cuba e estarão no Chile e na Argentina. – Respirou fundo, mastigando as palavras. Tinha uma voz áspera. – As contradições entre as classes dominantes abrem uma brecha para nós e a pequena burguesia virá a reboque; a burguesia sempre acompanha quem fala mais grosso. E vamos falar bem grosso, ah se vamos! Leio para vocês uma frase do discurso do subtenente Gelcy, feito ontem no Rio. Ele disse: "Lembrem-se os senhores reacionários de que o instrumento de trabalho do militar é o fuzil". E sabem quem estava na sede do IAPC? O general Osvino Gomes, comandante do Primeiro Exército, e mais de mil soldados, todos de sargento para cima, todos da FMP. É o que é: um mar de oliva verde na Frente de Mobilização Popular. A Revolução só se consegue com o Exército, nunca contra o Exército.

– E nós, o que faremos para agir? – pergunta Raposo.

– Vou explicar nosso plano.

Mas, antes que Beth desencadeasse a sua "fala do trono", questionei:

– Bom, mas e o outro lado? A grande burguesia, o que se fez e do que se falou? –Ansiava saber até onde se embrulhavam os fatos concretos, como a entrevista do governador Barros.

Beth, nervosa pela interrupção, remexeu sua sacola e dela retirou dois recortes de jornais amassados, entregando-me com um gesto seco. Em voz alta, li: era o Manifesto da Sociedade Rural Brasileira, aderindo ao movimento dos militares para um aumento salarial; o outro, uma notícia – vejo hoje, meu camarada, que era um aviso da barra que nós íamos enfrentar –que afirmava que o presidente Goulart teria recebido um relatório com informações de que cento e nove generais enviavam mensagens entre si, cujo teor era, simplesmente, sua deposição do poder.

Beth não escutava, seu pensamento ia longe. De repente estalou a língua, como se estivesse escondendo um segredo que enfim não conseguia mais ocultar:

– Os nossos agirão amanhã à noite e vai haver confronto, talvez luta armada – encerra com uma calma falsa.

– E nossas armas? – inquiriu Zezé, transformando o discurso de Beth numa ficção.

– Falou o único camponês do pedaço. Vamos ter ferro e fogo – gozei.

– O companheiro faz uma análise precipitada. Ninguém inicia uma guerra sabendo que vai perder – replicou Beth, desabonando-me com o seu ar triunfal. – Bem, vocês vão dar apoio à greve geral, que vai deixar de joelhos os reacionários.

Beth, acentuando a solenidade do que dizia, continuou:

–Vamos dar apoio aos operários do ABC e do Ipiranga. Olhem! – Indicou-nos a base da torre de transmissão de energia – Vamos derrubar as duas torres e cortar a energia. Sem força, sem máquinas, sem fábricas – disse, conferindo às palavras um significado imponente.

– É preciso uma boa carga de explosivos – ponderou Rúbio, levantando-se para olhar melhor o cume da torre que se consumia na neblina. Considerou as longas pernas de metal, como que calculando a carga de dinamite adequada. Girou em torno da estrutura e assim permaneceria, absorto em seus cálculos, se Beth, irritada pela interrupção, não tivesse lhe dito:

–Você vai ter tempo para suas análises. Vamos terminar.

– Desconfio que a explosão vai acordar São Paulo – murmurou Renga.

Álvaro levanta-se amparado em uma bengala, serve-se de anis e olha as nuvens pela janela: nuvens que circulam como monstros furiosos entre as montanhas. Tal qual um camelo que derrama na areia os restos do seu primeiro estômago, o homem chafurda à cata das causas, mistério no seu destino. Nosso homem não põe a mão no dejeto. É comunista, desdenha entranhas, deslumbra-se pelo que borbulha sobre o caldo denso. E ousa revelar no rosto hirto o olhar inexorável, as inexoráveis regras de um impiedoso jogo: a vingança.

A profunda memória, assim pensa Álvaro, não lhe surge de contingências, de climas, de odores, nem é instigada pelas dores presentes. Emerge como larva de um vulcão enlouquecido, queima sem fumaça, sem roncos profundos. Como aquelas alucinações goyescas, os monstros de seu passado ficam a contemplá-lo.

Álvaro espanta as penas d'alma: menos uma, Iliana; as reminiscências de velhas camaradagens, imagens que regressam do seu passado, detonam uma tentação de recitar Lucrécio, talvez para avivar a paisagem que dorme, porra, seria justo lançar aquele límpido poeta para dentro de um forno tão tropical?

Iliana, sua mulher, morrera. Sua imagem jamais seria corrompida pelo esquecimento. No dia do funeral, com decisão, registrou seu caixão estendido como uma infinita mesa e ali iria se fartar de dor, se alimentar do frio de suas mãos frias.

3
OS TEMORES

Álvaro fica a imaginar: onde soterrara a carta de Das Flores. Longa carta enviada da Itália, logo após sua chegada à Sicília. Das Flores sugeriu que ele a relesse: talvez valesse desentranhar – em algumas impressões daquele passado distante – uma pista sobre a morte de Rúbio.

Explora com os olhos as extensas estantes. Cada livro dissimula um segredo, um bilhete, alguns nomes e endereços foram sutilmente escamoteados em suas páginas. Enterrava em si uma mania moldada com antigos temores. Iliana havia escondido os documentos mais comprometedores numa caixa à prova de umidade que estava enterrada sob um imenso carvalho, junto à casa de Tiné.

Instigado pela morte de mais um dos seus amigos, fora até lá e desenterrara os documentos. Todos os segredos faleceram de tédio, pensou que o delegado que atua no caso, o Dr. Marques, com seu riso sardônico, iria tomar mais de seu vinho, sem descobrir um rastro que fosse de *Qualquer*.

Das Flores, a cada ano que se passava, tornava-se uma figura moldada, um romance de Lampedusa. Siciliano, bom de berço, emplumado, ocultava uma elegância aristocrática, numa brancura de cera, como a pele desbotada de um meridional realça nos olhos uma animação que os incendiava. Das Flores portava sempre uma arma igualmente nobre: uma Enfield 22. Naqueles tempos sempre lhe dizia: "Ânimo, meu comandante, o falso Deus adora o verdadeiro".

Álvaro pega a carta dobrada entre as páginas de uma edição italiana do *Il Gattopardo*: uma frase se destaca – "fiché c'è morte c'è speranza" – ostenta um autógrafo do próprio Lampedusa: Das Flores havia herdado do pai o exemplar. Compenetrado, Álvaro lê mais uma vez a carta:

> 17 de novembro, 1968, Fontamara, dia de Santa Elizabeth, às 11 horas da manhã, cuja luz mediterrânea já viu luzir horário etc. etc. Saudades do Brasil.
> Deste desterro, onde vivo a lamentar as saudades que tenho das aves que não gorjeiam como aí, penso, meu comandante, que sempre me penitencio pelo meu ânimo em agir impensadamente. Paixão acentuada pelas veias de ancestrais ilustres (e menos ilustres: somos da Sicília, não se esqueça). Imagino sua figura serena, com as mãos enfiadas no bolso, a caminhar pela avenida São Luiz. Do campo adversário iniciava-se a forja de generaletes ávidos de luta. Mas você, meu comandante, esperava a guerra como um operário aguarda seu turno de trabalho. Os fatos, que se avolumavam e que a todos atormentavam, não atingiam seu coração, nem mesmo o alvoroço dos nossos, soprado pela expectativa do poder.
> Bons tempos em que havia apenas o Bem e o Mal, Deus e o Diabo, e, se não houvesse gente como nós, o povo não teria devorado a Revolução com mais gula e caminhado para o futuro.
> Mas eis que é chegada a hora de deslindar esse mistério que nos dominou, nos ameaçou e ceifou a vida de Rúbio. Ponho-me às suas ordens: faço um relato da represa. Acho que lá brotou o manancial de onde podemos extrair do falso revolucionário o traidor que assentava-se na alma. Há alguns meses imbuí-me de intenção para lhe passar a exposição das minhas reflexões sobre a morte de Rúbio, mas o diabo do dia-a-dia se introduziu nos pensamentos e lá estava eu pagando minhas dívidas com um dinheiro inexistente.
> Sempre me parece que os anos correm velozes demais e, como o passado é incansável, resta-me a conclusão de que sempre me encontro algumas décadas atrás do presente.
> Repito fatos que você está cansado de saber, mas considere minha narrativa um processo de recordação.
> Bem, nos últimos sábados, nosso grupo se aglutinava à beira da Via Anchieta, na margem direita da represa Billings, na confluência da Estrada Velha. Naquele dia, perto das seis da manhã, alcançamos a estradinha de terra: o caminho se perdia pela mata, nos encaixavam dentro da religiosa solenidade das árvores. Uma voz inebriante repetia: vá, Álvaro; vá, Das Flores; e você, Renga, siga Tiné; força, Rúbio; caminhe, Raposo; cantarole, Sérgio, Zezé, mostre a garra dos camponeses de Minas; força, Beth.

Quem poderia ficar indiferente à paisagem? E como parecia doce e calma a natureza! Principalmente para mim, que fui criado na aridez da Sicília.

Esquecíamos as injúrias, tornávamos indulgentes e mais tolerantes sob aquela mata repleta de canções de pássaros invisíveis. Meu Deus, eu chegava a sonhar ser possível conquistar a liberdade sem sangue, uma espécie de parto sem dor, como a revolução de Rosenberg. A comédia de Deus haveria de ter um final feliz.

Transcrevo para você anotações escritas à época, tentando esboçar um perfil dos companheiros do nosso grupo. Usei, como forma, uma espécie de verbete do Dicionário da URSS — aquela publicação stalinista a que se acrescia méritos ou infâmias conforme os rumos do poder.

Renga — o nosso gordo Renga, o homem que coloca o Belo acima do Bom, como publicitário que é. Sua habilidade maior é transformar o Bom em Útil, e do Útil se servir segundo a máxima: "Mateus, primeiros os teus". É verdade que pretende espalhar as benesses aos companheiros de partido. Renga e sua ética não se distinguem das "virtudes" dos nossos opositores, mas Renga é, sem dúvida, um dos nossos. Renga cheira a toucinho e a vinho de São Roque, mas imagina que a maldita pequena burguesia já se prepara para o bacon e o bordeaux chileno. E vem carregando seu corpo suado em longas marchas e maçantes reuniões, como se tudo fosse uma mortificação para ascender ao Céu Marxista. "Um burguês arrependido", se define, ofegante, mas feliz. Afinal, Marx será sempre um bom investimento.

Tiné — Um cão é Tiné. Ele tem duas "manhas" extravagantes: a primeira é que se nomeia "carbonário"; a outra ocorre sempre que um camarada superior lhe dá "diretivas", sua palavra predileta. É um mameluco, nascido em Santa Catarina, mestiço de índia com algum alemão, que depositou nos seus olhos o azul claro e, em suas mãos, poderosas garras. Uma habilidade para tratar o ferro, moldar a madeira e ajeitar engrenagens.

Rúbio — Rúbio nasceu no Brasil, mas seu espírito ainda vagueia pelas montanhas da Galícia. É um galego pobre; sua família teve que juntar dinheiro para que Rúbio pudesse ir à Politécnica. Dos nossos, o galego é o mais puro. Rúbio assenta, no corpo frágil, a revolução. Não a busca com a razão, pois ela corre em seu sangue. De uma inteligência sólida, como sólida é sua paixão pela luta armada. Estranho como uma paz reina em seu rosto, não como uma entidade, mas como uma presença física. Mas, à vista de uma arma, inflama-se. Ele me disse uma vez: "As palavras são coisas maravilhosas, mas os canhões são belos". Ao olhar seus livros de matemática, Rúbio comentou que todo o progresso científico da humanidade havia se erigido sobre os ombros dos pobres e que caberia a eles sua destruição.

Sérgio – Pergunta-se: o que Sérgio faz aqui? Não é arena para poetas. Ao menos para os poetas de hoje, sem a chama heróica dos bardos medievais. Sérgio incorpora-se às conversas políticas para agitar reflexões tão fora de sensatez que nos leva a repensar, refazer ou simplesmente repor suas idéias no baú de objetos cativantes porém inúteis. Algumas vezes revela um medo físico que oculta num rompante verbal. Mas não, não faço a devida honra a Sérgio. Explico-me. Não tem na alma o inconveniente da impaciência que nos contamina. Ou porque é um introspectivo pela natureza de poeta, ou porque encara o futuro como o manancial de onde o homem deve embeber-se de vida.

E o Zezé? Saíra de outra galáxia e aportara na terra. Não era do nosso grupo. Viera de Minas Gerais, ia à Diamantina uma vez ao ano. Seu avô foi da Coluna Prestes e se desgarrou para Mendonha. Zezé era o único camponês do grupo que a direção estadual do PC nos enviara. Era desconfiado com "a tar de revolução", mas qualquer outro regime seria melhor para a sua mesa e para os seus seis filhos. Ao pé da fogueira me confessou: veio para ver o tal de mar.

Mas, esmiuçando, pois é nos detalhes que Deus existe, eu sabia muito bem que estava guiando aqueles seis camaradas – Renga, Sérgio, Rúbio, Raposo, Zezé e Tiné – ao encontro do destino, pois Beth anunciaria diretivas e, pelas chamas que se elevavam do Rio de Janeiro, esperávamos ordens, ordens de quem não enxergávamos.

Meu comandante, percebi que Renga receava algo que, naquele instante, não descobri. Ainda hoje me bate uma dúvida: Renga era morno. Como se transformou? Começou a engajar, com sua habilidade, um a um dos companheiros para a tese da luta armada. "A guerra é a mãe de todas as coisas", ouvi-o apregoar mais de uma vez. "A guerra, louçã e alegre, varrerá da Terra a gentalha escrofulosa", proclamava Sérgio, um dos primeiros convertidos.

Renga insistia, já em tom exaltado, que "iríamos despertar São Paulo". Tal comentário não contrariou Beth, que disse "ser o desejo de todos, que todos escutassem nosso rugido". E Sérgio poetizou, como sempre: "O som do despertar de um vulcão".

O despertar do vulcão foi o tema que imperou naquela noite, onde passaram estranhas horas. Havia armado a rede ao lado de Raposo e, enquanto me ajeitava nela, de bota e roupa, ele se aproximou e me falou, num tom de confessionário, com uma exagerada gravidade: "Ontem à tarde, na Praça da Sé, uma velha me pediu um centavo, um centavo; insistia, mas eu só tinha o dinheiro contado da condução. Ela ficou ofendida e me rogou uma praga que atingiu a todos nós. Repetiu uma ou duas vezes: 'Que um dos teus quebre a cara'."

Olhamo-nos em silêncio, mas, meu comandante, embora o rosto de Raposo se esforçasse para se manter pesado, não senti nele o temor que sua voz pretendia acentuar. Demorei a pegar no sono, agitado com tudo o que estava ocorrendo. Acordei no meio da noite, com os olhos de Sérgio acessos em mim, olhos que ardiam crepitados de febre.

Certas recordações são como dores de reumatismo que ressurgem com o frio. Zezé, calado como um personagem de Graciliano Ramos, seco no falar, passou para Beth um documento e afastou-se depois de tomar um café, sentar-se de cócoras e ajeitar o chapéu sobre os olhos.

Revejo Sérgio sair do mutismo e me confessar inesperadamente: "Sabe, tenho vontade de me enterrar até as orelhas e assim ficar um bom par de anos". Ao sentir minha estranheza, explicou: "estou deprimido". Disse a ele que "todos nós estávamos com medo do que viria pela frente". Ele argumentou que isso não o preocupava e sim problemas pessoais, de grana.

Ao perceber Zezé se aproximando do fogão atrás de café, Sérgio despistou e disse: "Nosso camarada nunca viu o mar". Sérgio acrescentou: "Camarada, o mar é tão grande que você não vê o fim dele". Zezé sorriu incrédulo, permaneceu calado e depois falou: "Então é como uma bola que não tem fim, é isso".

Quanto a mim, demorei a dormir. Estranhava nossos companheiros que estavam mudando de alma, talvez pela guerra que iria acontecer. Enfim, quando acordei vi você olhando as águas escuras da represa e você me confessou estar pensativo com a fala de Beth. Ela possuía um ardor visceral para a dominação. Aqui termino. Lembranças para a nossa querida Iliana.

Ela encontrou a pequena jaguatirica que havia perdido? Felicidades.

Álvaro desperta da leitura pelo insistente chamado do interfone da casa. Levanta-se e vai atender. É Beth, que se tornara mulher de Das Flores. "As confidências são perigosas", sorri. "São como uma bomba relógio que irá detonar." Beth veio falar sobre a festa de aniversário do Mutirão. Ela seria uma das oradoras.

4

"VAMOS TER LUTA"

> PORCO COMUNISTA,
> VOCÊ ENGANA A TODOS,
> MENOS A MIM.

Das Flores havia lido muitas vezes o bilhete, à procura de uma brecha entre as palavras. Procura, em vão, algum vestígio nos outros ambientes da casa.

De repente, na sala ao lado, Tiné — uma presença inquisidora — estalou a língua como se estivesse escondendo um segredo.

— O safado sabe o que faz — exprime-se com admiração, que tenta ocultar — mas somos mais espertos.

Ouvem os passos de Álvaro, identificado pelo bater seco de sua bengala no piso de mármore do jardim de inverno: uma cadência que o faz surgir na biblioteca e, antes que pergunte, Das Flores responde:

— Tiné não encontrou nenhuma pista — segura a mão de Álvaro para ajudá-lo a sentar-se ao seu lado. Serve-se de vinho e pergunta: — O que deseja? Só nos assustar?

— *Qualquer* está por dentro de todos os nossos movimentos.

— Qualquer um de nós pode ser *Qualquer* — fala, antes de beber um largo gole de vinho.

— Lá vem você com sua teoria conspiratória — zomba Das Flores.

— Rúbio morreu pela mão de Deus? — retruca irritado Álvaro.

— Fiquei puto com a audácia dele! Entrar, fuçar meu arquivo de vídeos, trocar fitas e deixar as mesmas etiquetas nas caixas, como se quisesse brincar comigo! Que homem estranho!

— Apenas trocou as fitas, mais nada? O que havia nos vídeos? — pergunta Tiné, excitado.

– Gravações que fiz, festas familiares, churrascos e a gravação de uma entrevista de Prestes, no *Roda Viva*, nada de especial. – Das Flores mastiga as palavras com dificuldade, para completar: – O que mais me grilou é que o safado trocou esses vídeos por documentários sobre a Espanha.

– Madri e arredores? – pergunta Álvaro.

Das Flores sacode a cabeça e gira as mãos:

– As imagens são documentários filmados da Guerra da Espanha, mais sobre a frente de luta em Valência.

– Valência? É estranho, por que logo Valência? É um recado de *Qualquer* ou uma pista.

– Acho que chegou a hora de uma reunião do nosso grupo – pondera Tiné.

– O que você acha disso tudo? – Das Flores segura o braço do outro.

– Não sei dizer. Um agente provocador querendo espionar?

– Me espionar, por quê? E o ódio, porra, por que o ódio?

– Temos que rever a nossa segurança – decreta Tiné.

– Interna ou externa? – Das Flores olha-o com interesse.

Álvaro responde:

– Tanto faz. *Qualquer* e seu bando de renegados querem nos amedrontar por medos que já deixamos para trás. Primeiro, bandeiras vermelhas queimadas; agora isso!

– Medos desenterrados são mais temíveis – sussurra Das Flores.

– Adivinho o que Beth comentou *non passarán* – intervém Tiné, a examinar os livros da estante.

Das Flores sorri com tristeza, que trata de ocultar com um gole de vinho.

– Este livro, de quem é? – Tiné aproxima-se e passa o livro para Das Flores, que examina o título e abre-o, absorto com o que lê; à medida que o folheia, com um insistente movimento de cabeça, nega sua propriedade e diz com raiva:

– Porra, um livro de Bakunin não poderia estar na minha biblioteca! Foi *Qualquer* que deixou aqui, como uma provocação.

– Por isso estava fora do alinhamento dos outros livros na estante, para chamar a atenção – deduz Tiné.

– Acho que começo a descobrir sua identidade. Não seu rosto, mas sua origem: a revolução espanhola, depois Bakunin. Nosso inimigo é um anarquista. Meu Deus, de volta ao passado – pensa Álvaro em voz alta.

– O túnel do tempo. De repente La Pasionária, Durritt etc.

Estabelece-se um longo silêncio entre os homens.

– Sei que os anarquistas e trotskistas foram agentes do imperialismo, mas isso já foi resolvido por Stalin. Foram derrotados.

— Eu nunca despachei um anarquista. Para dizer a verdade até que gostaria de justiçar um trotskista filho de uma puta — masca Tiné.

— Bem, vamos tratar disso logo depois da festa. Dessa maldita festa que as mulheres inventaram. Elas acham que maridos atarefados com besteiras não pensam em coisas agradáveis, como outras mulheres — Das Flores finge um sorriso.

Em seguida, levanta-se com evidente desânimo.

— O velho polaco já terminou o ensaio da cerimônia? — pergunta.

— Não sei — resmunga Álvaro. — Posso levar o livro?

— É todo seu.

Álvaro folheia o livro de Bakunin e, escondido entre as páginas, descobre um bilhete. Ergue-se do sofá — um movimento rígido, perturbado, convencido pela intuição de que o assunto o atingiria. Lê para si: "Para ti se forjou um molde antes mesmo que saíste de tua mãe. Não está marcada tua altura, nem a medida de tua profundidade. Não sairás dela por longo que seja o tempo. Pronto tu serás levado onde hás de permanecer. Tua casa não é uma casa alta, senão é baixa, quando estás nela. Baixo o rodapé. As paredes são altas e o teto está muito próximo do teu peito. Assim habitarás na terra fria, escura e negra, que irá apodrecer contigo. Ali ficarás bem guardado e a Morte tem a chave de tua casa. Espantosa é essa tua casa de terra e horrível de ser habitada. Ali habitarás e te comerão os vermes. Ali te deixarão e tu clamarás por teus amigos. Não tens amigos que desejam ir contigo? Quem abrirá a porta para te buscar?"

Álvaro encerra a leitura, encara-os longamente e diz com gravidade:

—Vamos ter luta.

5

O VELHO, EM CASA

O velho Rodolfo Grabovsky recorda a sua chegada ao condomínio.
    Ao se aproximar da imponente face do portão de madeira maciça do Mutirão, sentiu-se envolvido por uma intensa emoção. Precisava daquela vaga de trabalho e não poderia passar mais um mês sem ganhar o pão. Era assim que o velho Rodolfo, velho e polaco, deplorava-se: como um cão que rasteja de rabo entre as pernas, incapaz de fixar seus olhos no olhar inquisidor do patrão. Mas que medo e que orgulho intempestivo o dele.
    De repente irrompeu-lhe na memória o amargor de dez anos atrás. Sua memória, famosa por decorar, numa só leitura, intermináveis monólogos de Corneille, naquela noite apagara-se. Ocorreu um colapso na encenação de *O Estado de Sítio*, de Camus. As mãos indicavam o cenário, mas da garganta não lhe saía um som. Pesava-lhe o olhar frio do público. O Pescador, seu personagem, mostrava as falsas ondas do mar que se estendiam pelo palco. No camarim, abatido e consolado pelos outros atores, ainda lia o texto: "Essa boca cheia de mentiras, ó onda, ó mar, nação dos revoltados".
    Como um raio, fulgurou-lhe na consciência a amarga verdade: seu fim como ator irrompeu-se. O constante esquecimento de frases, os erros de marcação no palco, obrigou os diretores a adequar seu desempenho a personagens cada vez mais monossilábicos.
    Depois disso sua arte descambou. Passeava pelo palco a representar sombras, espíritos ou circunspectos mordomos. Uma noite, angustiado, jogado sobre a cama de uma pensão na Boca do Lixo, sentiu sua mão direita, agitada, como

que possuída por um demônio, ir em direção de um estojo de couro seboso. Lá guardava sua navalha de barbear, o derradeiro objeto de luxo que havia resistido aos judeus dos penhores. Ele então tenta dominar a maldita mão.

A luta contra a mão que empunhava a navalha havia lhe tomado a noite inteira. Mas eis que uma folha de árvore invadiu o quarto, soprada pela brisa matutina. Flanou pelo ar e acabou pousando na pele do seu braço. Grudou-se no suor e livrou-o da obsessão. A vida, pensou mais tarde, é um vício danado.

E foi ela que motivou Rodolfo a entrar no Mutirão, trazendo seu currículo, críticas teatrais, fotos de seus personagens, comentários elogiosos, anúncios de lançamentos, recomendações de antigos patrões: o rol da prova de seu fracasso.

– Eu esperava um amador, mas, pelo volume do álbum, você é um profissional de peso – havia lhe dito Álvaro, depois de uma lenta avaliação do material. – Sabe alemão?

– É minha língua materna – respondeu Rodolfo, com certo receio.

– Conheceu Brecht?

– De passagem, num café-concerto perto do Berliner Ensemble. Fui apresentado a ele – hesitou em responder.

–Você está no país há muito tempo?

– Ah, estou sim.

Álvaro pensara: "Tenho que contratá-lo. Ele pode ser um mestre de cerimônias, um animador de festas ou relações públicas: um factótum."

Numa noite em que a insônia lhe acendia a lucidez, Álvaro descobriria por que havia empregado o velho polaco: por vislumbrar em seus olhos o tom de superioridade de quem já conhece o desenlace da história. Alguém que havia caído o suficiente para saber o tamanho do tombo e, principalmente, a certeza de sua próxima ocorrência. Isso o havia fascinado: alguém que acredita no destino.

* * *

Era a primeira noite de Rodolfo no quartinho que lhe arranjaram no condomínio. Uma pequena cozinha. O vitrô sofria com os insistentes arranhões dos galhos de um limoeiro. O ar empestiado do quarto somava-se ao nojo de ser tocado por alguma barata voadora. Antes que a noite caísse, tratou de emprestar do depósito do teatro um par de cortinas rendadas, dois abajures e um pedaço de carpete. Com sua vitrola e coleção de velhos discos amainaria a solidão do apartamento.

Apagou a luz, abriu as venezianas, estirou-se na cama, banhado pela temperatura tépida de outubro. O silêncio enchia-se de ruídos, de pios de corujas ou latidos distantes e um miado grosso e distante, como se um felino estivesse chorando uma perda. Aquele minúsculo espaço lhe concedia a sensação de um lar. Mas ouviu o pio de uma coruja.

Coruja dá mau agouro. Assim mesmo lançou-se na cama de ouvidos atilados.

A idade lhe havia imposto uma insônia persistente. Assim, ajeitou-se na cama, folheou um Samuel Becket. Imperou, porém, o som desmaiado de um apito de trem e ouviu vozes que se aproximavam de sua janela, a derramar palavras perscrutadas como o soar monótono de um riacho a correr.

Levantou-se rapidamente, cerrou com precaução as venezianas.

– Justiça. Justiça. Este cachorro precisa de bala.

E reboava a voz de homem, com um sotaque de gente do interior que insistia em repetir:

– Precisa de bala...

– Merda de comuna! É preciso um bom castigo. Olho por olho, dente por dente. Não é assim que se diz? – perguntou o homem, sem que Rodolfo pudesse ouvir a resposta, abafada pelo vento.

O silêncio retomou seu espaço e foi outra vez mais quebrado com os ruídos dos pés a pisar nos pedregulhos espalhados pela trilha. Depois de alguns segundos, impôs-se na voz masculina um tom mais grave, um sentimento de frieza que repetia a palavra "vingança" com uma obstinação assassina.

–Vingança é como sopa quente que se toma pelas beiradas; assim é a vingança. Sem pressa, como uma sopa quente que se toma pelas beiradas, sem pressa de acabar, assim é a vingança.

Rodolfo sentiu o temor de alguém que pressagia no rosto o bafo tenebroso da morte. Conhecia bem aquele terror, enxergava a fera que se move na surdina, que se lambuza ao saciar sua fome de sangue. Pensa no comportamento da aranha. Olha quieta o destino inexorável da vítima. Ao se agitar, enrola-se mais e mais. A aranha sabe de seu futuro.

A voz arrematou, num tom solene que percorre o negror da mata:

– Dia virá em que a pedra se transformará em planta, planta em animal, animal em homem, homem em Deus. Mas o trajeto deles será o contrário. De homens serão transformados em lápides.

O tom parecia de alguém que havia decorado a frase, falsa na sua boca.

Imperaram, no entanto, os ruídos dos passos que seguiram lentamente ao longo do bosque. Vingança, pensara Rodolfo, é como um rio que, submerso, corre sob a terra e, num dia fatal, aflora à superfície. E ele não desejaria mais se afogar na correnteza por onde o Golem impera e ruas como as de Praga, repletas de poças d'água, refletem o céu vermelho de sangue. Não desejaria mais retornar àquela Praga imersa no terror.

6

SUSHI CONTRA BIG MAC

Álvaro ergue-se, com imponência estudada e caminha até o palco, depois de vencer os degraus. O iluminador de cenários obscurece Rodolfo, refulge o foco de luz sobre o novo astro de pernas, solidamente plantadas do piso de madeira. Encara a escuridão da platéia vazia como um adversário desprezível e diz:

– Nosso Mutirão completa trinta anos nesta noite. Foi fundado sobre esta terra, erigida com a nossa esperança.

Álvaro finca no rosto uma palidez, as palavras decaem como contaminadas por um desânimo. Volta-se para Rodolfo, que olha curioso.

– Caralho, mais de trinta anos é muito chão – busca ocultar seu desfalecimento. – O que você fazia trinta anos atrás? Respondo: você gargalhava num cabaré berlinense, apertado ao seu amor. – Você amou muito?

Rodolfo baixa a voz, uma confidência íntima lhe escapa:

– Já esperava por dias melhores.

– Todos nós – retruca Álvaro. Depois resta em silêncio, tomado por pensamentos tristes.

Rodolfo, para tirá-lo da abstração, pergunta:

– Quem construiu o condomínio?

– Quando resolvi desmembrar estas terras... sabe, minha família é dona deste lugar desde os mil e seiscentos... alguns dos meus fantasmas familiares me acusaram: que coisa mais vergonhosa, não carrega o nosso sangue, o teu é sangue de barata, sangue azul mas de tinta vagabunda: você se transformou num reles comerciante de terras. Os homens da família berravam: Álvaro, maldito capitalista, onde enfiaste nosso gado, nossos capados e nossos cafezais? Onde enfiaste nosso patrimônio, no teu rabo?

Álvaro solta um suspiro longo e continua, com uma nostalgia falsa na voz:

– Eu comecei a construir o Mutirão; depois fui ajudado por Renga, Das Flores, Tiné... só mais tarde vieram outros camaradas, todos aqui construindo suas trincheiras, seu chão. Era tempo de os fracos ficarem expostos. Apesar de tudo, como Fênix, ressurgimos.

Envolve a platéia vazia num olhar lento e triste. Eleva ainda mais a voz e suas mãos abrem e fecham como a marcar uma pauta de música.

– Uns ressurgiram mais fortes, outros mais pragmáticos, outros tantos mais sensíveis. Porém todos nós, camarada, nos tornamos mais sábios. Apesar da polícia, que espreitava em todas as partes, havia na gente a chama do ideal de uma sociedade mais justa.

Por fim, senta-se novamente na cadeira.

– As atrizes dão o rabo ou são lésbicas? – debocha com aquele sorriso safado que exprime um grande sátiro.

– Acho que as duas têm um namorico – responde Rodolfo com um trejeito cômico.

– Você deve saber que a penetração anal, hoje em dia, envolve riscos calculados. O cu se transformou numa roleta russa. Você me considera um devasso?

– Eis uma resposta que um patrão não deveria exigir de seu subordinado.

– Amor sem pênis não se sustenta, não é? – pergunta Álvaro, quase exigindo uma contestação.

– E com dois, menos ainda – diz Rodolfo, já arrependido pela confidência, enquanto some na obscuridade do palco.

Recorda-se, constrangido, do dia em que Álvaro, ao folhear o álbum de recortes, havia indagado sobre a sua sexualidade. O toque do celular de Álvaro faz o traz de volta ao presente.

– Outra vez? Merda, o que adianta dar para estes guardas aparelhos sofisticados se eles urinam na tábua da privada? Tiné, tente descobrir uma pista, pelo amor de Deus!

Álvaro desliga o telefone e levanta-se inquieto.

– Você precisa de alguma coisa? Quer que eu faça alguma coisa? – Rodolfo aproxima-se, prestativo.

– Como assim? – molesta-se com o tom do outro.

– A respeito do ladrão que anda rondando a Cidadela.

– Então, já caiu na boca do povo? – irrita-se.

— É a *piece of conversation* do momento — responde Rodolfo. — Conheço gente da pesada que resolve qualquer assunto desses.

—Você me espanta! Imaginei que você se dava apenas com artistas.

— Policiais também são bons atores. E este ladrão é um profissional, um homem de saber.

— Um intelectual?

— Um intelectual refinado. Esse negócio de espalhar símbolos é coisa de intelectual e só um policial esperto pode prender esse filho de uma puta.

Álvaro encara Rodolfo e sorri, debochado:

— Já imagino seus policiais...

Álvaro e Rodolfo passeiam pelo palco:

— Então, depois que a Sra. Beth terminar o discurso, haverá uma pausa para o início do espetáculo — diz Rodolfo.

— O que você escolheu irá cair bem?

— Já ouviu falar em Mishima?

— Nem como nome de restaurante.

— Foi um grande artista, um dos maiores do Japão, suicidou-se à frente das televisões.

— *Maladie d' amour*?

— Não, não queria que o Japão se ocidentalizasse. Sushi contra Big Mac. Haikai contra jingle. Happy end contra harakiri, Miyamoto Musashi contra Jesse James. Um sublime louco, sempre foi um desvairado — exalta-se o polaco.

Depois continua, mais comedido

—Vamos encenar um texto clássico que Mishima escreveu para duas atrizes e as nossas duas têm muito talento. Já ganharam muitos prêmios pela peça.

— Prêmio no Brasil é um assunto de comadres, mas vá lá, continuo confiando — encerra a observação.

Rodolfo faz uma lenta mesura de reconhecimento.

— Não vamos fazer feio — completa. E ainda masca as últimas palavras quando o outro já desce do palco: com dificuldade, sem antes arrematar, como se preocupasse com alguma coisa.

—Você pensou na segurança? — pergunta Álvaro: seus olhos fixam-se no rosto do velho, como se tentasse descobrir nele algo indefinível.

— Não — embasbaca.

— Então pense — Álvaro rosna secamente.

7
AS LOUCAS AMIGAS

Cássia, já cansada daquela viagem de ônibus, abre os olhos e percebe no rosto de Kiss, que dormita com os longos cabelos ruivos enrolados no rosto sardento, a placidez e a ternura que a haviam atraído.
— Estamos longe? — eleva a voz.
Kiss descerra os olhos amortecidos pela lassidão: depois de alguns segundos responde, ao olhar pela janela do ônibus:
— Mais um pouquinho — e passa a examinar a paisagem a desfilar pela janela de vidros sujos.
— Saca — Cássia indica, na paisagem, um cavalo que cobre uma égua — Será que ela gosta daquilo tudo? — pergunta, com uma expressão de nojo.
— Não deve gostar ou deixar de gostar. É a natureza e pronto. — filosofa Kiss.
— Qual o tamanho do membro de um cavalo? — continua a outra, agora com um ar safado.
— Primeiro, pangaré como aquele não tem "membro". Membro têm os cavalos de puro sangue. Pangaré tem um reles cacete. E, depois, qual é o seu interesse? Estou com ciúme — faz um trejeito divertido, levando-as a um acesso de riso. A mão da outra coça sua boceta pela saia e tenta beijá-la.
— Sabe por que eu te amo? Você não tem o atributo do cavalo. — Kiss termina de sorrir e passa, de leve, a mão no rosto da outra.
— Imagino que talvez seria melhor ser homem. — proclama Cássia.
— Você acha que se você fosse homem estaria ainda hoje comigo? Pau can-

sa, pau com a idade não sobe, pau tem limites, pau esporra e suja as coxas de meleca. Já um clitóris, bem manejado, vai lhe dar prazer até aos setenta anos. Te prometo.

— Poderíamos ter um filho. — Cássia olha a amiga com um ar vago, sem que a outra percebesse.

— Porra, nasceria um andrógino — define com outra careta.

— Poderia ser cantor, dançarino, ator de TV, jogador de futebol.

Riem alto, desta vez a incomodar alguns passageiros. Ela percebe, em certos olhares, a descoberta da relação entre as duas: atormenta-lhe uma vergonha que sempre se apossa dela nesses momentos.

— Ainda falta muito?

Cássia murmura, impaciente: tampa os olhos com as mãos, o texto da peça ressurge. Seria uma comédia, para faturar; que se foda o clássico! A outra aquieta-se, contempla a paisagem, depois ergue a mão: lá está o Mutirão.

Cássia pensa que não pode enfrentar um trabalho "com esse baixo astral, porra".

— Será que vão pagar direito?

— É gente de esquerda, de ONGs, de movimentos populares.

— E daí? Isso por acaso é garantia?

8
INSÔNIAS E DEVANEIOS

Em seu quarto, Rodolfo é despertado por um ruído indefinido que vem da porta, como um arranhar de unha pela madeira. Assusta-se com a insistência pertinaz do gesto e, ao se aproximar da porta, escuta o arfar de um cachorro.

Abre a porta e dá de cara com um boxer, que caminha, com o corpo retorcido de alegria, pelo quarto.

— A casa é nossa... não, menos a cama. Você é obediente sem ser servil... gosto dos boxers. Qual é o teu nome?

Um homem surge em seguida.

— Duro, esse é o seu nome. E o meu é Tiné – responde o homem, na soleira da porta. — Você é estrangeiro?

— Tcheco. — Rodolfo faz um largo gesto em direção do cão e sorri para o dono.

— Passei para conhecer você. E me apresentar. Moro na casa de madeira que fica atrás da casa do Álvaro. — explica-se Tiné. Com grave solenidade penetra pelo quarto, com passadas largas. Senta-se numa cadeira, examina o ambiente, apanha, com naturalidade, uma fotografia e a examina longamente.

— É você?

— Fui. — Rodolfo sorri e enche a panela com água.

— Você é artista, não é?

— Diziam que eu era. Hoje duvido um pouco.

— Bem, a vida do Álvaro daria uma bela peça de teatro. — Diz, olhando de soslaio para Rodolfo.

— Todos nós daríamos boas peças de teatro. Tem uma peça chamada *A Morte do Caixeiro Viajante* que é sobre a vida de um aposentado. Uma vidinha de merda e deu uma peça interessante, mas o senhor Tiné não parece ter tido uma vida assim — comenta Rodolfo.

O outro cala-se e olha seriamente para o outro, perscrutando.

— O senhor me conhece? — pergunta, tentando esconder uma preocupação, o que desconcerta Rodolfo.

— Não, não, é minha maneira de fantasiar. É como um defeito de profissão — desculpa-se.

Tiné examina atentamente Rodolfo, que está jogando o chá na água fervente; depois, mais calmo, acaricia Duro, deitado aos seus pés.

— Pois minha vida foi comum — diz sem muita convicção.

— Pronto, agora é deixar o chá curtir — comenta Rodolfo, encerrando o assunto. Traz a chaleira para a mesa, sentando-se ao lado do outro.

— Qual é a sua idade, Duro?

— Quatro anos. Nasceu no dia que Iliana morreu.

— Quem?

— A mulher do Álvaro. Uma grande mulher.

— Iliana é um nome eslavo.

— O pai era russo. A mãe, espanhola. Num fim de tarde encontraram Iliana numa vala funda que existe na estrada de Jaraguá. Havia escorregado, dizem — encerra Tiné.

— Alguém mais morreu em acidentes por aqui?

Rodolfo pergunta com uma ansiedade que lhe foi inesperada, suscitada pela recordação das vozes ameaçadoras que surgiram pela noite.

— Um tipo se enforcou. Um louco.

— Moço ou velho? — pergunta, tentando ocultar seu medo.

— Com um pé na cova, como eu — responde Tiné a estudar na expressão de Rodolfo um sentimento de temor.

— Preciso de um cachorro por aqui. Numa noite dessas ouvi uma onça do mato rondando.

No rosto do homem há algo de sério.

— Estamos bem seguros. — desconversa Tiné, passando a Rodolfo a sensação de que o assunto perturba a conversa.

Mas o polaco insiste:

— Invadiram a casa de Das Flores — Rodolfo informa com aparente indiferença.

Tiné deposita a xícara sobre a mesa e levanta-se com aspereza.
– Obrigado pelo chá.
Tiné chama Duro e se despede.

* * *

Pouco depois da saída de Tiné, Rodolfo resolve se deitar.
Tem um sonho estranho. Sonha-se morto, restado num esquife. Desfilam rostos de homens e mulheres, desfigurados pelas luzes de velas. Como morto que é, tem todo o direito de ser um imbecil sem remorso; dar-se ao luxo de recordar a totalidade do passado e a natureza do mundo que lhe deixou uma sensação amarga na boca murcha – que neste instante, percebe, com horror, é visitado pelos malditos vermes. Gira a cabeça para o lado a procurar o outro morto – também na expectativa do momento fatal em que a terra jogada bate com barulho na tampa do caixão.
– É preciso dar um retoque na maquiagem – comenta o outro morto.
– Como assim? Que besteira, homem, estamos prontos para ser enterrados.
– Mais uma razão. Sempre cuidei da minha aparência e não é agora, no fim da picada, que vou relaxar. Se pudesse esticar a mão poderia alcançar meu batom. Não suporto viver sem um batom nos lábios. Desculpe, mas os lábios são os outdoors da nossa beleza. Desculpe.
– Desculpe por quê?
– Soltei um flato, você é muito educado em não reclamar.
– Você é veado?
– Transformista, isto é, homossexual binário. Você leva jeito também. Acertei? Conheço bichas só pelo olhar. Porque nosso olhar é tão irreal, sempre sonhador... E como é gostoso sentir uma pica quente no cu!
– Eu sou um simples bicha, com todos os defeitos de um bicha simples.
– Nossa, que orgulho! Lá em cima todos são iguais. Assim espero. E, já que vamos ficar tanto tempo juntos, se pudesse esticar minha mão, faria as pazes com você. – Proferiu a frase com um muxoxo engraçado que fez Rodolfo rir.
De repente, sentiu a necessidade de presenciar a fuga de um preso, um sentimento tão despropositado que aos poucos mostra sua razão: a falta de liberdade é uma profunda dor. Rodolfo tem um devaneio: ouve a voz de um homem, cuja imagem surge por entre a fumaça das velas, a lhe contar uma fábula:

Era um quarto, quente e aconchegante, que abrigava o homem do inverno forte que imperava atrás dos vidros da janela. Para melhor observar a neve que desabava no jardim, levanta-se e escancara a janela; neste momento, um pássaro penetra pelo vão da janela, revoa aloucado pelo quarto e, antes que o homem possa esboçar qualquer gesto, o pássaro retorna à janela e mergulha na noite. Por segundos, o pássaro sentiu-se abrigado. Que calor bom! E, por alguns segundos, foi feliz. Assim é a vida.

Rodolfo desperta assustado com a escuridão que lhe toma os olhos. É noite, e noite cerrada – reconhece-a pelos ruídos longínquos dos trens de subúrbio que retornam às oficinas – e calcula que deva ser umas duas horas da manhã.

Rodolfo, insone, pensa em Cássia, que estivera no começo da noite passada a preparar-lhe chá. Ele pôde apreciá-la com mais vagar; parecia – o velho confessou-lhe no dia em que a conheceu cantando num boteco de artistas – Cláudia Musso. Ela nunca ouvira falar na grande Musso (o disco que ele havia guardado sumira nas mudanças).

Na noite anterior a mulher havia demonstrado uma profunda tristeza, uma tristeza à la Musso. Rodolfo lhe perguntara:

– O que lhe aconteceu?

– Não vejo futuro na minha vida. Sempre serei uma atrizinha qualquer, ganhando um cachê de merda. É isso – murmurou.

– Eu não acho, acho o contrário. Você é uma atriz; uma atriz é uma atriz e mais alguma coisa. Você tem esta "alguma coisa". *Du Bist wie eine Blu.*

A face de Cássia iluminara-se. Pode ter sido um falso elogio, mas era um elogio, "mesmo vindo de Rodolfo", pensara.

– Obrigada – e completou com um doce deboche –, tio Rodolfo.

A insônia lhe faz fixar os olhos na noite que penetra estrelada no quarto: planeja o que fará no dia seguinte, como se estivesse a realizar uma marcação teatral, onde tudo é engrenado: a música interna dos atores, afinada, a toar, em uníssono, como uma sinfonia de Bartok, que possuía o dom e a liberdade de desandar para acompanhar os acidentes da peça. Pensa no tom entristecido com que Mishima havia revestido a peça: tentaria preencher o papel masculino. Santo Deus, estava nervoso com o seu retorno à cena, talvez seja essa a razão da insônia! Mas nas atuais circunstâncias, pouco lhe importava a reação do público.

De repente enfada-se com seus devaneios: resmunga, revira-se na cama e tenta retomar o sono. Ouve, distante, os latidos insistentes de Duro. Adormece.

9

VIVA A FAI

Na área verde do condomínio, Duro fareja a brisa da noite. O cão caminha dois passos, ergue o focinho, olha para uma espantosa lua cheia: o que o move é o odor do corpo de um estranho, conduzido pelos ares através da floresta, tão densa naquele canto do condomínio: o cão estremece, quase com dor, e suporta um rosnar grave que lhe brota através dos dentes afiados. Sente o inimigo se aproximar: um intruso está invadindo seu território. O pêlo das costas arrepia-se e Duro dispara em direção da mata, que conhece tão bem.

Eis o vulto, amoitado atrás da casa de Álvaro. Duro pára e eriça as orelhas; sente a hora do bote, do cerrar dos dentes, do travar os maxilares, do movimento fulminante e do estraçalhar da carne do estranho.

De repente, ouve um assobio calmo: o invasor sinaliza um gesto de amizade. O cão relaxa a postura de ataque, aproxima-se (com cautela), fareja a figura humana, reconhece-a e pende a cabeça para sinalizar seu obséquio a *Qualquer*. *Qualquer* estala os dedos e chama-o para si, acariciando-o. Enfia a mão no bolso, retira uma fita de pano e a brande no ar como desafio para Duro. Duro salta algumas vezes até que *Qualquer* – com a outra mão – o aquieta e envolve a fita em torno do pescoço do animal.

Um gesto severo de *Qualquer* ordena que Duro retorne para a mata.

Tiné abre a porta. Já é dia e Duro ergue-se sonolento, sacode o corpo e agita o toco da cauda para o chefe. Tiné agacha-se e retira a fita que envolve o pescoço do animal. Depois examina-a com atenção e esbraveja:

– Filha de uma puta, besta anarquista!

A fita trazia impressa uma tarja negra e uma inscrição: *Viva a FAI. Quiroga será vingado.*

10
COMISSÃO DE INVES- TIGAÇÃO

Álvaro continua a redigir o seu relato em seu computador:

Existe uma vingança antiga vicejando entre nós: adivinho sua origem remota. Compartilhei do seu passado e, como numa tragédia grega, espero o seu sangrento fim. Ignoro — e esta sensação que me deixa temeroso — o instrumento desta vingança: a mão repleta de aço que irá executá-la e, o mais terrível, quem será a próxima vítima, pois a vítima, como sempre ocorre, procurará o executor, a lhe oferecer a garganta; em seguida, apresentará o seu peito, assim como César, que, mesmo avisado pelos divinos, vestiu sua túnica imperial e precipitou-se ao encontro de Brutus.

Álvaro desvia os olhos da tela para acompanhar as correrias de Duro pelo jardim. Apanha a carta de Das Flores, guardando-a no bolso.
— Olhe, estava enrolado no pescoço de Duro — fala Tiné, a entrar pela sala, entregando a fita para Álvaro. Depois comenta, amargo:
— A raposa está no galinheiro.
Tiné aperta com força o braço do outro, que se ergue irritado com a observação.
— Ainda vamos ter mais morte nesta história.
— Escute, homem, não comece a falar bobagens. Isso pode se espalhar como fogo num palheiro. Depois de amanhã acontece a nossa festa. Precisamos manter a cabeça fria, a nossa e a dos nossos camaradas. Vamos deixar para ver isso depois, com mais calma.

– Você tem certeza de que se trata de apenas um? – pergunta Tiné.
– Um é o matador. Algumas coisas já sabemos sobre *Qualquer*. A mais importante: estamos enfrentando a FAI.
– Isso não é tão importante como a pista que Duro me deu. *Qualquer* é um dos nossos. Duro não deixaria nenhum estranho tocar nele. O recado, o filho de uma puta mandou para mim. Mais anarquistas deveriam ter morrido na revolução espanhola! Nossos camaradas mataram poucos, essa é a verdade!
Álvaro levanta-se e acompanha o outro até a porta.
– Tiné, vamos levar a vida como se nada tivesse acontecido – recomenda Álvaro.
– Se você quer assim...
– Dá uma mão para o Rodolfo. O velho precisa levantar um painel no palco.
– Ele é boa gente – Tiné comenta, esperando a confirmação de Álvaro.
Tiné sai e Álvaro se detém a olhar a imagem de Iliana na moldura do porta-retrato na sala. Pensa: "Santo Deus, ela tinha um rosto tão irradiante de vida! Agora carrega um ar pesado, como se fosse uma máscara mortuária esculpida..."
Os passos de Das Flores, a caminho da porta, o devolvem à realidade. Antes, uma frase lhe aflora aos lábios, como saída de alguma grota profunda: "que tombo estranho teve Iliana".
Das Flores fala:
– E o Renga, o que diz disso tudo?
– Desconsidera.
– Finge. É tão alvo como nós dois. E os outros camaradas?
"Camaradas" lhe saiu hesitante, como se tornasse à vida depois de uma longa noite de hibernação. Os dois homens entreolham-se por algum tempo.
Álvaro desvia a conversa.
– Sérgio vem hoje e vai trazer sabe quem? Raposo, o nosso Homem de Brasília.
– O Sérgio vem conversar sobre a festa ou chorar por outra mulher que lhe deu um pé na bunda?
– Nosso famoso escritor lançará seu livro. O tema? O de sempre: nossa saga revolucionária. – Álvaro suspende um sorriso.
– Ele sempre achou que fomos atacados por uma folia. Ainda bem que Beth está mais amansada, se não iria derrubar a mesa.
Álvaro então se aproxima do amigo para lhe confidenciar:
– Quero te mostrar um segredo. Quero que conheça meu esconderijo.
Álvaro caminha pelo corredor até o fim, dobra à direita e penetra numa saleta; na parede, escondida por detrás de um quadro, uma pequena porta surge por entre as molduras dos lambris.
– Mas que estranho, Álvaro, nunca pensei que você apreciasse castelo assombrado.

— Conveniências... Apenas Iliana conhecia este esconderijo.
— Dá até para um casal se esconder. Estou surpreso! — admira.
— Aqui estão guardadas nossas atas de reuniões, alguns objetos pessoais do Rúbio, seu diário, fotos nossas... Olha o Rúbio com uma espingarda na mão.

Álvaro senta-se na frente de Das Flores, segura-o pelo braço e diz, com veemência:

— Bom, chega de conversa mole. *Qualquer* mora ao nosso lado, escuta nossa música, bebe nosso vinho. Temos que agir e pôr a mão no pescoço deste traidor.

Das Flores evita olhar o rosto do outro. Após um breve silêncio se manifesta:
— Como? — pergunta desanimado.
— Vamos colher informações. Vamos para uma devassa, minuto a minuto, sobre nossas atividades, nossos trajetos, com quem andamos, quem nos viu no dia do assassinato de Rúbio... Eu sei que é constrangedor, mas é pela nossa sobrevivência. Minha ideologia hoje é viver: a dele, nos matar. Temos que pegar *Qualquer*.

— Das Flores — acrescenta Álvaro — amanhã todo o grupo estará por aqui e acho bom convocar uma comissão de investigação. Sugiro Beth, Tiné e você. Que tal?

— Não quero. Ou eu ou a Beth. Não funciona um casal envolvido neste assunto.
— Então permanece a Beth.

Álvaro contempla o rosto de Das Flores, decepcionado, e contemporiza:
— Ela é neutra, foi dirigente e pouco envolvida nesses acontecimentos. Além do mais, é mulher e você sabe como elas são impiedosas quando se trata de infidelidades.

— Começamos quando? — resigna-se o outro.
— Hoje.

11

O FOLHETO ESTRANHO

Rodolfo sorri quando Cássia e Kiss surgem no teatro, trazendo rosas.
— Para dar sorte: são roubadas do jardim — sorri Cássia, depois de beijá-lo no rosto.
Ele lhes mostra o cenário à espera de aprovação.
— Que tal?
— Simpático — sorri Kiss
— Só simpático, sua putana? Você sabe como foi duro montar e arrumar os objetos? Mas acho que deu para compor um quarto de duas solteironas, não deu?
— Está ótimo — reforça Cássia
— Bom, vamos ver o que vocês trouxeram de roupa.
Kátia desembrulha um pacote e coloca sobre a mesa do cenário um par de vestidos amarrotados: vestuários de corte antigo, desbotados pelos anos de uso.
As duas começam a se despir no palco. Kiss inicia os movimentos de uma stripper a dar voltas em torno de Cássia ao ver a namorada esforçar-se para entrar na saia.
— O vestido encolheu — comenta, jocosamente, Kiss.
Da obscuridade da platéia surge a silhueta de um homem, que se aclara ao alcançar as luzes do palco.
— Senhoritas, boa tarde. Sou Renga e peço desculpas pela intromissão, mas corri mais cedo de São Paulo só para dar boas vindas a vocês. Todos os companheiros do condomínio estão orgulhosos em receber duas atrizes de talento!
— Você tem jeito de dono do pedaço para entrar assim sem mais ou menos — retruca Kiss, amolada.

– Dono do quê? – sorri Renga.

– Do teatro, do casarão, da Cantareira, de tudo – conclui, irônica, Kiss.

– O teatro é da comunidade, o casarão é do Álvaro e a Cantareira, do povo – explica, divertido. – A única coisa minha é a falta de educação, mas é um dos meus melhores defeitos. Vim convidar vocês para um happy hour. Lá pelas seis e meia, tá bom, senhor diretor?

E, sem esperar a aceitação, executa uma mesura de cavalheiro de salão e retorna à escuridão.

– Que homem mais estranho – comenta Cássia.

– É um dos líderes da comunidade. É o cara do dinheiro – esclarece, respeitosamente, Rodolfo.

– Então – debocha Cássia -, trata-se de uma excelente pessoa, fino, um lord Byron.

– Bom, ao trabalho! – comanda Rodolfo, indicando os textos que estão sobre a mesa do cenário. – Vamos ensaiar a entrada de Jitsuko.

Ao sabor do vento, que se intromete pela porta da platéia, o telão de fundo que carrega o cenário de falsas janelas e um sol amarelo pálido se agita.

Cássia, num movimento intuitivo, ergue o rosto e vê sobre o fundo negro do teto uma folha de papel que esvoaça e antecipa a queda de um saco de plástico no palco.

Cássia agacha-se e, com prudência, desfaz o barbante que amarra a boca do pacote. Descobre um punhado de folhetos. Rodolfo toma-o de suas mãos.

– Parece que o pacote escapuliu do lugar onde foi escondido.

– Tá escrito o quê? – pergunta Cássia.

– É um manifesto ou coisa parecida – diz Rodolfo, ao passar os olhos pelo folheto.

– Então leia, homem.

Rodolfo é vencido pela curiosidade das mulheres e começa a lê-lo:

" Carta dos Anarquistas para os Comunistas, Traidores Burocratas"

"A pseudo-revolução stalinista assassinou o verdadeiro espírito revolucionário." Alberto Camus

O povo poderia ter conquistado, em abril de 1964, uma revolução libertadora, mas os comunistas nos traíram, como sempre!

Quem visitou o cárcere secreto da Cheka, onde os revolucionários anarquistas foram presos e torturados pelo polícia comunista vinda da URSS, sabe muito bem o terror criado por Stalin na Espanha. A Cheka era um bando de gangsters. Moscou queria cerrar todas as bocas. Moscou comprou e corrompeu a imprensa, os intelectuais e gastou imensas verbas de publicidade e propaganda para esconder os assassinatos em massa.

Depois, os stalinistas puseram um fantoche em Havana, instalaram mísseis nucleares apenas para blefar, para incendiar as esperanças de milhões de latino-americanos. Depois fugiram e para nós os stalinistas deixaram uma mensagem, uma mensagem mentirosa que os coreanos e vietnamitas iriam acabar por destruir. Os anarquistas perguntam: ficaríamos mais pobres do que somos? Não, os pobres não ficariam mais pobres; os burgueses, esses sim, ficariam mais pobres. Para nós, a falta do consumismo nos deixaria mais infelizes?

Camaradas, se tivéssemos realizado a Grande Revolução Anarquista, o mundo seria outro, mais justo, sem o Estado – o irmão mais moço da Igreja – pairando sobre nós como abutres, sem Exército, sem banqueiros, sem padres nem pastores. Liberdade, Igualdade e Fraternidade são mentiras escritas nas paredes da Igreja e das prisões.

Voltamos. Para reconstruir a Ideia, para vingar nossos mortos.

FAI

– Uma briga de comunas, todos querendo uma sombra na árvore do poder – pontifica Rodolfo. Coloca o maço de folhetos de volta para o saco e desconversa:
– Vamos transferir o ensaio para depois do almoço.
– E nós?
– Podem dar um volta por aí, mas não se esqueçam do horário.

* * *

Em seguida, Rodolfo segue em direção à sede: galga a escadaria íngreme que corta as margens gramadas da ladeira, hesita em seguir um caminho, na sua memória ressurgem as vozes da primeira noite no Mutirão. O velho intui que qualquer atitude precipitada poderá colocá-lo entre dois inimigos; treme, sente o pânico que imaginava sepultado em Praga.

Ele hesita em avançar; senta-se sobre uma pedra, abrigado atrás de um moita densa. Seus olhos fixam-se na fisionomia da casa.

Tiné sai da casa com uma espingarda entre os braços e olha para os lados.

Como que instigado por algum demônio, Rodolfo grita:
– Tiné, Tiné, sou eu! – continua gritando Rodolfo, sacudindo o pacote que está em suas mãos. Dirige-se a Tiné, que permanece imóvel.

– É que preciso te mostrar uma coisa, é assunto urgente! – sacode novamente o saco de papel e espera, cauteloso, a reação do homem.

Tiné pede que Rodolfo se aproxime.

– Vem aqui!

Rodolfo entrega-lhe o pacote.

– Caiu do teto do teatro – informa.

Tiné o lê, com o rosto estático.

– Não entendo dessas coisas e tenho raiva de quem entende! Sei que na Espanha gente se matou por palavras e sei que palavras podem matar mais gente. Quantas pessoas têm a chave do teatro? – pergunta sem se voltar ao velho.

– Que eu saiba, além da minha, há uma outra na sede.

Rodolfo não chega a ver os olhos do outro, que se enfia pela mata.

– Venha comigo.

O velho dá uns passos, como um soldado convocado a marchar.

– Você conhece bem o terreno? – inquire o homem.

– Só o casario – responde de imediato.

– Lá adiante, há um barranco. Você sabe o que aconteceu naquele barranco? Deve saber, porque neste país a língua é maior do que o pescoço.

– Soube que a mulher de Álvaro morreu de um acidente – balbucia.

– Não foi acidente – replica Tiné.

O velho não se manifesta, à espera da revelação proferida pela boca seca do outro.

– Que ingenuidade acreditar que ocorreu um simples acidente! Ela conhecia este terreno como se fosse o seu quintal. Houve uma tragédia e a tragédia foi encomendada pelos mesmos renegados que deixaram este saco no teto do teatro! – sacode o pacote com ódio.

– O senhor me permite? – sussurra, com humildade.

– Você duvida que são os mesmos assassinos? – antecipa-se o outro, com ironia na pergunta.

– Não, se o senhor diz. Mas como chegou a esta conclusão?

Indiferente, Tiné dá-lhe as costas: reinicia a andar, acompanhado por Duro, que trota ao seu calcanhar.

– Vamos dar uns tiros. Seu Rodolfo parece não ter cara de quem gosta de armas. Você atira? – olha de relance para Rodolfo, confirmando a certeza.

– Dei alguns – murmura.

– Para brincar ou a sério? Empunhar uma arma é um assunto sério.

– Uma vez assustei um ladrão e me assustei com o estrondo – sorri Rodolfo.

– Hoje fazem armas leves que falam com uma voz de matraca. Esta é capaz de arrancar um pescoço – exibe com orgulho a espingarda.

À beira de uma lagoinha de águas turvas que emerge da vegetação de pântano, os patos erguem vôo.

– Uma vez por semana Álvaro vem por estes lados, quase à noitinha, alimentar a jaguatirica da Iliana – comenta Tiné.

Um gesto rápido, a espingarda elevada à altura do rosto, como um apêndice de seus ombros dispara, um, dois, três e quatro tiros que reboam pelo ar e ecoam no paredão do granito.

Depois do silêncio, Duro ergue a cabeça e fareja o ar seduzido pelo sangue palpitante do pato que se estatelou no barro. A agonia lenta da ave desconcerta Rodolfo.

12
ESPANHA

Na Corunha, um grupo de comunistas senta-se à grande mesa central da bodega *El Calderon*, com a força dos seus pulmões, expulsam eventuais forasteiros incautos e a gente do lugar mantém-se respeitosa, com o rito ao evitar a convivência com aqueles homens turbulentos. O grupo recita a cartilha de Stalin: um deus que iria conduzir a Espanha rumo ao Paraíso, rumo às maquinas reluzentes e forjadas em aço e que disparam pelas estradas e pelos ares, à procura da ditadura do proletariado.

– Gente jovem que desafia o tempo, atropela o passado, fabrica o futuro.

Naquela noite esfriada pelas brisas que vinham do Atlântico, Quiroga foi chamado: um homem gordo, que sentava-se à cabeceira da mesa gritou:

– Quiroga!

Quiroga obedeceu: levantou-se e, constrangido, achegou-se a Calvo para uma conversa reservada.

– Quiroga, temos que conversar. Se você tiver tempo toma um vinho comigo amanhã à noite – sussurrou ao seu ouvido. O tom não admitia recusas: com gestos pesados que lhe conduziam os braços para enfatizar a gravidade.

– É muito sério – disse.

Quiroga ameaçou inquirir Calvo sobre o assunto, mas o homem desviou-se de seus olhos.

Quiroga morava vizinho a Calvo: ao fim da reunião, tratou de apressar seu retorno à casa para evitar o constrangimento de caminhar ao lado daquele homem sinistro. Em casa e abrigado, tratou de ocultar-se atrás da veneziana do seu quarto: poderia observar a porta de entrada do casarão de Calvo.

E viu que Calvo conduzia um forasteiro. Sob o arco de ferro que sustentava um elegante lampião, perscrutou a rua e cerrou a porta. Quiroga deduziu que deveriam estar conversando na sala pois havia uma luminosidade filtrada através da cortina rendada.

Decorrida quase uma hora, o forasteiro surgiu na soleira da porta, examinou novamente as imediações da casa e com uma saudação comunista despediu-se de Calvo.

Quiroga custou a adormecer.

Um sentimento de pânico instalou-se no seu sono tardio. Reflexos fugazes de armas brancas que rebrilhavam no espaço e que findavam-se manchadas de sangue. Acordou e ergueu-se mansamente, para não acordar a mulher, aproximou-se da janela — através da cortina, levemente afastada — envolveu com um olhar meticuloso a rua. E encaminhou-se para um velho móvel de madeira, abriu uma das gavetas e dele retirou um caixa de papelão desgastada pelo tempo e espalhou o conteúdo em cima da mesa do jantar: eram alguns papéis e cartas: remexeu à procura de alguma coisa e finalmente apanhou um envelope: havia uma pequena fotografia.

— Santa Maria, ainda está aqui — respirou aliviado.

A imagem de um moço gravava um peito empolado, à antiga moda, exibia seu evidente orgulho e seu impecável terno. O pai, Lopes, estava moço: alfaiate e sindicalizado e nascido em San Domingo de Silos. Sob o louvor dos cânticos a Cristo (entoados em latim pelos beneditinos) Lopes blasonava que em sua terra os homens não temiam nada e apregoava o exemplo do padroeiro da cidade de San Domingo. E certo dia respondeu a um poderoso: "Señor, la vida podéis quitarme, pero más no podéis". Lopes era anarquista e queimou igrejas e bateu de chicote nos padres de bucho.

Ao fundo da fotografia via-se a Enseñada del Orzan. No verso da foto havia duas datas e uma anotação: na primeira assenta-se o tempo e escrita com uma letra firme informava: "La Corunha, vinte de novembro de 1897"; na outra data destacava-se a letra de mulher: "23 de setembro de 1936" e terminava com a frase: "Viva la FAI"

Quiroga identificava a letra: era de sua mãe, mulher catalã e filha de uma família de anarquistas. Uma vez o pai havia confabulado com Fanelli e amigo d'armas de Garibaldi e tinha o encanto das idéias libertárias de Bakunin. Lopes carregava o filho nos ombros a subir as montanhas no pastoreiro e o pai desfilava os atos heróicos do russo a desafiar todos os poderosos, e dele ouvira a "Ideia".

* * *

O velho Lopes sentia as veias entumecidas com a enormidade deste exército de gente audaciosa e tenaz.

— Filho, no país catalão, as Ramplas permaneceram, durante toda a tarde, sossegadas como o olho de um furacão, o povo havia digerido de bom gosto as palavras de Lerroux — Lopes fazia uma pausa e continuava, com um tom pedagógico: — Esta é uma história velha, acho que aconteceu na Semana Trágica, por volta de 1909." — suspirava, tombado pelo passado que exigia forças de um velho anarquista.

— Lerroux? — estimulava Quiroga.

— Lerroux tinha sido um monte de estrume, um demagogo que possuía na garganta e na língua mais poder de fogo que o Grande Fritz. Seu apelido era "O Rei do Paralelo" — um lugar de putas, e foi de lá que Lerroux veio. É do radical ter a cachola cheia de idéias, para tomar o poder e injetar nas veias de todos os sonhos" proferia a socar a mesa rústica e a agitar o vinho denso nos copos.

Lerroux fabulava sobre sua conversa com o conde Bakunin e que ele lhe havia confidenciado que, um dia, Marx o havia chamado de "idealista sentimental", e que respondeu que Marx tinha toda a razão e já ele, o pai da Ideia, chamava Marx de judeu barbudo e de safado e de pérfido e de velhaco.

— Pois naquele dia Lerroux havia discursado nas Ramplas, sempre ouvido por gente crédula, mas quem poderia se livrar do encanto de palavras, que ninguém antes tivera coragem de pronunciar? E depois, o que faz a gente se reunir é sempre aquilo que exalta. E o puto gritava pelas ruas que o povo deveria levantar os hábitos das freiras e transformar aquela santidade, que elas escondiam, em sadia maternidade. "Ah, queimamos muitas igrejas naquela semana" – diria exacerbando as palavras.

— O fogo purifica e assim ocorreu com as imagens sacras. Me lembro da expressão doce de Nossa Senhora do Pilar ao entender que a braveza de seus filhos não significava ódio à sua santidade. Mas uma purgação pelos sentimentos dos monarquistas e dos malditos padres filisteus que não possuíam Fé, que ofendiam o nome de Jesus, como se Jesus fosse o deus das sinecuras. Se Ela facultava sua igreja ser queimada, era porque conhecia a alma dos nossos sentimentos. Ah, Nossa Senhora do Pilar sabia muito bem que os anarquistas queríamos mais: nossa aspiração era transformar homens em anjos. E fizemos anjos.

— Pai, quanta gente morreu?

O pai baixou a voz, como numa confidência sagrada.

— Um ou mil sempre será, até a eternidade, um número maldito. O sentimento não é o forte dos números — deixou escapar a observação, para completar com a face iluminada pelo ódio — mas agora nós estamos sendo transformados em demônios pelos comunas filhos de uma grandíssima puta.

Na noite do dia 23 de dezembro de 1937, o pai jantou a sopa de peixe, cabisbaixo e calado, limpou a boca com um miolo de pão, ergueu-se e caminhou em direção da mulher e nem encostou-lhe os lábios cerrados nos dentes que rangiam e abraçou Quiroga e, juntos, tiveram silenciosos a velar por algum tempo o sono de *Qualquer*. Nem sabe como teve forças de libertar-se da imagem do pequeno anjo.

A guerra civil queimava a Espanha: os stalinistas torturavam os anarquistas e fuzilavam os trotskistas do POUM.

Foi a última noite que Lopes viveu; tão apenas o lenço preto do anarquismo foi deixado em sua janela: um recado, da morte, da causa e das conseqüências.

* * *

Ah, como Quiroga vagou pela cidade, enlouquecido à cata de alguma notícia que o conduzisse aos assassinos, conhecia-lhes as entranhas e ele temia o poder das armas.

Se para Quiroga seria o sangue derramado a causa de acender-lhe na alma um fogo inextinguível, iria consumi-lo até o fim dos seus dias, para *Qualquer* seria entender o destino: morte traz morte.

Na carta deixada pelo pai, *Qualquer* leria:

"Meu querido, quando os anos lhe derem entendimento, leia esta carta, que mais parece um relato, mas é o fio da meada. Tudo teve início no fim de uma tarde chuvosa, depois do meu trabalho. Cruzava eu a Praça Maria Pita, em direção da Igreja de Santiago, quando encontrei uma velha amiga de minha mãe e como ela, costureira. A mulher me cumprimentou e, com um gesto bem misterioso, acenou para que eu a acompanhasse; numa viela próxima foi a velha a se enfurnar como um navio que transporta uma peste para um porto desconhecido. Foi assim que eu pensei: naqueles tempos duros, as vielas de Santiago eram perigosas e se fossem escuras se transformavam no lugar ideal para um campo de batalha dos bandos.

Estava amedrontado, eu conhecia a velha para dispensar todo aquele mistério, assim obedeci. Depois de alguns metros, ela virou-se para mim – não olhava em minha direção –, ficou por algum tempo examinando a ruela que sumia por uma ladeira e foi então que a velha desapareceu por uma porta de madeira, que havia aberto com uma ligeireza danada. Ela havia deixado o caminho livre e por ele andei por um corredor escuro até a luz do sol que banhava o pátio de uma casa muito majestosa, cercada por um jardim florido e quieto, minto, havia um fio d'água que molhava um tanque.

A velha estava sentada num banquinho de madeira, atrás dela eu via ladrilhos que formavam uma paisagem das nossas montanhas, fui me achegando, ela com um gesto me convidou para sentar-me ao seu lado.

Mediu-me e segurou minhas mãos com a aspereza das suas, a velha falou com um jeito que me deixou preocupado:

"Escute e não me pergunte nada. Apenas escute. Uma velha, tão boba como eu, às vezes, fica esperta. Conheço o Professor Santiago, como todos nós da cidade, como um professor aposentado da Universidade de Salamanca, é um solteirão, as pessoas mais simples confiam suas dúvidas e quase sempre são bem encaminhadas pelos conselhos do Professor. Pensava que o professor apenas gostava de ajudar os humildes, muito embora meu filho desconfie de quem ajuda os outros sem interesse, já alguns dizem que o professor é comunista mas se comunismo for aquilo eu também sou comunista, mas não importava, iria de qualquer maneira trabalhar como costureira na casa do Professor, pôr em ordem suas roupas brancas e camisas de colarinho engomado. Quem me havia contratado era sua irmã, tão solteira como ele, com a cara enrugada que solteironas carregam como uma bandeira esfarrapada, bem, vou ao assunto, a mulher me instalou num sótão onde cabia uma máquina de costura. E foi o acaso que dispôs a janela do sótão exatamente acima da biblioteca onde o Professor recebe amigos. Você nunca costurou mas posso afirmar que quem costura pode trabalhar e prestar atenção em tudo e em tudo se distrai. Para mim aquelas conversas eram uma bênção porque o tempo passava rápido e o serviço rendia, mas na verdade a sabedoria deles não tinha nenhuma utilidade para uma costureira ou porque a sabedoria para nós quase sempre resulta em mais trabalho, o fato é não aprendi nada ouvindo aqueles professores. Mas o galego bonito que falavam soava como uma música para meus ouvidos. Assim é que, numa tarde fria, uma tarde que me fazia lembrar as montanhas de minha vila, percebi que o Professor falava com outro homem, carregava na voz um tom diferente que me fez afastar do trabalho e esticar o pescoço para melhor escutar o assunto; pobre tem que estar sempre alerta, hoje em dia, nesta confusão de brigas e guerras, a corda sempre estoura no lado mais fraco – suspirou.- "E tenho um filho trabalhando no porto," emendou e com uma intimidade bondosa, novamente apanhou minhas mãos. "Naquela tarde percebi que o professor, pela primeira vez, levantava a voz, logo entendi o porquê: o outro, que descobri que se chamava Sanches, fazia o Professor engolir suas opiniões, tal qual um oficial ao soldado raso. Sempre que havia alguma divergência, o nome de um tal de Medina surgia na conversa – certamente o chefão dos dois -" – a velha calou-se, a tomar fôlego, mas hesitou por algo que lhe impedia de desembuchar, baixou os olhos, como perdida em suas memórias, porém estava eu ao seu lado, com um ar tão agoniado que a velha deu um suspiro profundo e continuou:

" Falavam de sentenças de mortes. Era o que falavam" – suspirou aliviada.

- Que morte? – fiquei apavorado.

Não, ainda não havia mortos mas eles falavam de gente que poderia morrer, povo que estava na mira dos comunistas.

Assim aconteceu: era uma quarta-feira, dia em que as células comunistas reuniam-se, e lá estavam os dois, na ampla sala, onde uma enorme estante de madeira exibia livros de Direito; as vozes se exaltavam.

- Lembre-se também de Kaménev e da coragem de Stalin em fazer a limpeza no partido. Medina sabe quem é o traidor. Ele tem certeza que há um quinta-coluna na nossa unidade, um homem da FAI – perorava Sanches.

- Pode estar enganado- repeliu o Professor.

- É um assunto muito sério para que ele possa se enganar. Ele tem provas e são consistentes.

- Assim mesmo quero investigar por mim mesmo. Conheço o camarada há muitos anos, fomos criados juntos e é impossível mudar-se de caráter de um dia para a outro. Homo non nascitur, est – falou quase para si.

- A dialética da vida transforma tudo – concluiu Sanches com um tom definitivo, encerrando o assunto. – Vamos tomar providências.

- Quem irá julgar e quem irá condenar? Não chegaremos a nada com essa violência – tentou argumentar, mas calou-se desanimado.

- E você deseja debater com esses loucos anarquistas, loucos até a raiz da alma, que cagam insanidades pela boca, cegos, sem razão que lhes endireite: é uma perda de tempo – e concluiu -, para nós o tempo joga contra.

- Lembre-se de Radek. E de Zinoviev.

- Eram agentes nazistas. Nazistas como toda a FAI. Temos que dar um fim nisso."

A velha segurou-me pelo pescoço e me trouxe até seus lábios, que sussurrou:

- Quiroga, falavam do seu pai, falavam de Lopes. Então, no dia seguinte, a tarde ficou chuvosa e vi, de onde estava, um homem debaixo de um grande guarda-chuva, ele cruzou o pátio – logo ia saber que se tratava do próprio Medina, que havia aparecido na reunião- e o tal de Medina dava ordens, num espanhol diferente pelo sotaque, ordens que não pude escutar com clareza. Depois de umas duas horas, vi uma enorme barriga que rompia o portão da casa indo embora, mas enquanto ele esteve na sala, a gente só ouvia a voz deste Medina que repetia um nome que acabei guardando na memória: Radek. Dizia a toda a hora: " lembrem-se de Radek."

"O tal de Sanches"- continuou a velha – falava quase gritando, não deixando o Professor responder.

Qualquer concebe seu coração como um empório de maldades. Os comunistas haviam moldado sua alma com um aço tão inflexível que nenhum sentimento de condescendência houvera refugiado algum dia, além da vingança.

Qualquer amava a história do pai: do orgulho galego que reveste a alma daqueles celtas teimosos, como uma armadura, da miserável vida sem esperança, daquelas mãos pelas quais saíram bombas obedientes, de sua cabeça e do senso de organização. Foi um dos fundadores da Federação de Trabalhadores Agrícolas, lá pelos anos 93 do século XIX.

O Lopes era um militante a quem os comunistas acusavam de ser um "anarquista incontrolável": muito ligado a Angel Pestana, um velho adversário do Komintern desde 1920.

A FAI permaneceu imune ao comunismo e os comunistas jamais esqueceriam, – "como não perdoam. É da honra dos burocratas stalinistas liquidarem os que não rezam pela cartilha de Stalin, e quando digo cartilha, quero dizer breviário: o homem foi seminarista" – dizia *Qualquer*.

Certa noite em que o velho Lopes saiu de casa para uma "propaganda da ação" – algum atentado à bomba que impusesse à burguesia e aos militares, o justo terror -, Quiroga, movido por uma premonição incontrolável, agiu como nunca antes: vasculhou os papéis do pai, apreensivo por provas que poderiam envolver toda a família e não precisou procurar muito, pois quase à vista deu com um diário, um relato meticuloso da seqüência de dias, de fatos, de personagens, que, mesmo ocultos sob nomes de guerra, seriam facilmente identificados por um espião stalinista. O relato iniciava-se nos começos do século XX e corriam repletos de incidentes até os anos de 1924. E certamente nele havia o nome do seu juiz executor.

* * *

Numa tarde, a paz que imperava em sua vila mudou-se com o sopro de uma desordem: Quiroga descobriu uma de suas ovelhas morta e tosquiada. A cabeça esmagada, talvez abatida a porrete, coisa feia que revirou-lhe o estômago e sentiu-se mal em contemplar num animal tão indefeso, tanta violência. No fundo d'alma, Quiroga atinava na morte da ovelha um signo do apocalíptico tempo que pretendia se impor àquela Galícia, já era uma época em que se sopravam frases apreendidas por forasteiros chegados de Barcelona, filosofias que fervilhavam o sangue dos pobres. Se o galego, por herança paterna, já amava aquelas palavras, nenhuma centelha iria fulgurar nos seus olhos: continuou a sepultar o segredo de seu anarquismo e não o impelia qualquer fraqueza, não, apenas desejava preservar seu tesouro, herdado – a Ideia – como quem guarda a preciosa semente para fertilizá-la, em lua adequada, em terra fecunda.

Quiroga recolheu a ovelha morta. Acomodou-a num saco, lançou-a aos ombros, cruzou os extensos campos e carregou-a como se transporta um amigo morto. Depositou-a à frente de sua casa, sobre uma mesa que trouxera para a estrada, posta bem à vista dos passantes, exaltava-lhe a morte e sentou-se numa banqueta de madeira: as mãos a tremer de raiva, a deixar que o tempo selasse sua revolta.

Os vizinhos não tardariam a retornar do campo, contemplariam a cena, iriam recolher no rosto do pastor a indignação da sua honra ofendida, saberiam evitar seus olhos, carregariam um ar grave nos semblantes: conheciam no peito aquela raiva cega, cruel e destruidora como o apetite selvagem de sangue.

A longa tarde traria a noite. O galego fixou o brilho da chama de uma vela que ardeu encimada a um castiçal e, como numa procissão, mais gente passava à procura da imagem coruscante. Demorou para que a mulher o conduzisse para dentro do casebre. Quiroga permaneceu atrás dos vidros da janela, seu rosto alucinado fixava-se na luz da vela que haveria de extinguir com a noite. Sonhou que estava a ver seu neto, filho do seu filho e sentiu-se apaziguado, sentiu que um vasto ciclo de vida havia terminado.

No dia seguinte, a rotina lhe impôs o pastoreio. Subir, descer os montes sob a chuva fina e teve de reconduzir uma ovelha ao rebanho, perdida em terras de seu vizinho Atandell: então viu um porrete ainda avermelhado por sangue, jogado no feno.

– Atandell.

O grito lhe saiu tão angustiado do peito que quebrou-se no pasto, sem resposta no silêncio que se seguiu.

Atandell era o secretário do Partido Comunista Espanhol: nada lhe poderia acontecer.

***

As terras da Catalunha alongavam-se na mansidão da noite, não talvez pudesse ocultar o sangue dos homens que se digladiavam pelo seu espaço. Horas antes, Quiroga, sob o luar pleno que descia do céu, encostara a cabeça numa pedra e ergueu os olhos para as estrelas com a sensação que a cálida pele da mulher ainda estaria a alimentar-lhe de amor.

A noite fria lhe dizia da sua ilusão: tudo que amara havia ficado para trás, como imagens congeladas.

— Felicidade e liberdade: é muita ganância para um homem só — sussurrou.

O galego envolveu a vila num olhar, hesitou em seguir caminho, pois faltavam-lhe informações sobre o labirinto em que se metia ao entrar na vila desconhecida.

A cavaleiro da planície, o pasto lhe parecia um céu esmaecido onde os carneiros eram nuvens e assentavam-se na relva obscura pelo luar. Rompia a noite e Quiroga desvendou a ladeira, descia pontilhada por oliveiras.

Alentado pela madrugada, ele ousou dar alguns passos a percorrer o terreno. Travado pela cautela, Quiroga resolveu encolher-se num canto onde rochas haviam construído um refúgio: ali envasou-se, mas tornou-se sereno e até julgou-se capaz de decifrar as sombras que se embaralham nos olhos, cujas pálpebras colavam-se como sujas.

— Não há retorno se o ódio toma o coração — falou para si como uma admoestação.

Um marco de estrada indica: a vila de Borjas Blancas e alguns aldeões perambulam sob um sol pálido, um deles é um homem corpulento, no ombro balança um rifle e o homem (como levado por alguma súbita intuição) gira o corpo, seus olhos fixam-se em Quiroga. Quiroga reconhece Atandell; Quiroga treme, cerra o punho direito e o enterra no bolso.

Atandell vence uma poça de água, penetra numa bodega, um sujeito magro está sentado numa mesa: levantara a cabeça do prato e decide olhar-lhe e com um gesto convida-o para sentar-se ao seu lado.

— Salud, sevilhano, andas assustado? — comenta Ochoa

— E não é para estar? Durruti circula por estas terras.

— Temos uma vantagem enorme. Sabemos que é perigoso; ele pensa que somos fracos; ele grita contra o mundo, nós reunimos o mundo em torno de nós — professa com uma voz calma.

— Vi um galego rondando por aí — interrompeu o outro, amolado com a conversa.- Conheço o tipo de Compostela. Lá ele se diz da UGT, mas se pegamos o pai, ele sabe o caminho da CNT.

— O que faz aqui, tão longe de casa? — o magro fica intrigado.

— Pois é. Isso que temos que saber. Imagino que tenta se unir a Durruti, em Aragão e se perdeu. Quero tua ajuda.

Entreolham-se e o tipo magro sorri com o canto da boca.

— Ajuda física ou profissional?

— Você já foi policial, não é? — conclui o outro.

— Até já esqueci que fui — fala entre um riso debochado.

Excitados estão: saem para a rua estreita e tratam de alcançar as sombras do casario: o sol fraco estira-se nas pedras que calçam o piso do beco.

Quiroga havia penetrado na praça da igreja; caminhara lentamente pela calçada e por ruelas tortuosas entre casas arrimadas com arcadas de pedras. Numa esquina, mais sombria, é agarrado por braços e uma arma que tira qualquer reação. Atandell levanta o troféu encontrado nos bolsos de Quiroga: o jornal *Solidaridad Obrera*.

* * *

— Sou o Atandell. Você deve me conhecer muito bem, eu matei sua ovelha, olhe para mim, você se lembra da sua ovelhinha? E vou fazer com você como fiz a ela, matei de porradas para fazer carniça. Seu silêncio tem sido castigado, mas se você não colaborar, não me verá mais, entende? Por isso pode dormir agora e sonhe bem. Eu quero nomes.

— Não sei — Quiroga responderá à exaustão mas o som das palavras irá enterrar-se no chão de pedras irregulares da sala.

— Sabemos que você tem sangue anarquista — gritará Atandell, agarrando-o pelo pescoço.

— É falso.

Quiroga mentirá sempre, jamais irá confessar, ninguém dele extrairá nada, está no sangue a teimosia: ficará de cabeça baixa para ocultar-lhes os lampejos dos olhos, sabe ele: os comunistas não se importam com verdades e agirão como se estivessem numa corrida de touros: querem sangue. O grandalhão atocha mais seu pescoço para extrair dele uma súplica.

— Não conheço nenhum Buenaventura Durruti, camaradas — geme.

— Não somos seus camaradas, renegado. Sua laia é a dos anarquistas. Quantos vocês são por aqui, quantos? — inquire Atandell, lançando seu corpanzil em direção de Quiroga.

— Estou de viagem para Barcelona, camaradas, para me encontrar com minha companheira. Estou só.

— Não existe ninguém só em Espanha — grita Ochoa, o magro mais histérico.

— Estou contra os burgueses, logo estou com vocês — arrisca.

— Tua boca não se envergonha quando diz que é meu camarada?
— Não sou traidor. Sou um socialista.

Pela primeira vez a voz se despedaçou e Quiroga lê na expressão mais endurecida do grandalhão, que é aberta uma fenda na sua resistência: será estirada pela violência; recebe a mão grossa no seu rosto a fazer um rubor pela pele estalada: não se aturde; sem que pudesse impedir (acima da sua miserabilidade), ignora a força bruta; olha longamente para os dois comunistas: cospe raivoso ao chão como se as pedras de granito fossem uma terra maldita: mira a fúria dos algozes que treme nas pupilas avermelhadas: sorriu com o espírito já depurado de ódio, a expressar a superioridade dos que saberão acolher, sobre si, os raios dos deuses; e de Júpiter, seu melhor respeito.

— Este filho de uma puta de anarquista quer morrer aqui, escondido mas, "seu" filho da puta, vamos fuzilar você na praça pública para dar uma lição aos outros anarquistas filhos de uma puta como você, que estão escondidos. Quiroga, você terá contribuído para a revolução espanhola, que ironia Quiroga.

Quiroga desperta assustado: imponente sobre sua cabeça — tal qual um Anjo da Guarda — levita a imagem de *Qualquer* a contemplá-lo com infinita tristeza, arrebata-o ao desespero, enlouquecerá se não afugentar a alucinação. Consegue pôr-se de joelhos e tatear o espaço e compor a existência de um catre e pela porta entreaberta com cautela e quase ao amanhecer um braço deposita ao chão um pão duro e uma bilha d'água.

Quiroga se agarra à única realidade, dentro do negror do cativeiro: um uivo persistente do vento tenta traspassar pela fresta de alguma porta e ao apanhar o pão, Quiroga sentirá nos dedos algumas ranhuras a cortar a superfície. Estavam entalhadas à faca, intuirá que poderia haver (se o destino lhe fosse amigo, pelo menos uma vez na vida) alguma mensagem ou um aviso.

As linhas constituem-se o corpo de letras nas quais Quiroga irá compor a palavra IDEIA e o prisioneiro irá se abalar com o calor que lhe agarrará a alma, som que irá permear-se por entre aquelas pedras frias e que romperá pelas grades e correrá livre para fora do cativeiro a enlevar a esperança: o verdadeiro pão da vida.

* * *

Os olhos sorriem, estampado no espelho retrovisor da caminhonete; Quiroga se espanta: aquelas pupilas haviam perseguido as suas, agora se carregavam de ironia; deveriam pairar a impessoalidade: comunista não pensa senão executar ordens.

– O que será que aconteceu com você, anarquista? O que lhe subiu à cabeça durante a noite?

– Garanto que um espírito enganou você com alguma balela, que nós não cumpriríamos com o nosso dever de revolucionário – declama o outro e emenda, debochado – foi um achado escrever no pão, Ochoa, a Ideia.

– Aprendi com os ladrões. Você dá uma ilusão e depois espreme até o bagaço.

Riem os dois, longamente: contemplam a cabeça pendente do prisioneiro a chacoalhar suas algemas.

– Onde vocês estão me levando? – na voz escorre um medo.

– Não pense mal de nós, hombre. Iremos levar você ao seu destino.

– Hoje à tarde, em Barcelona você terá um julgamento justo.

– Atandell, não prometa nada. Não se sabe o que irá acontecer no fim do dia. Pode ser que Durriti surja cavalgando um cavalo branco e nos mate – ironiza Ochoa.

– Mas eu adivinho: irei escutar um som e um baque, hombre. Atandell: cinqüenta cabras contra uma que ouvirei um som e um baque.

– Sou galego para não jogar dinheiro fora.

Quiroga desanima ao perceber a expressão impiedosa que reflete como brasa.

– Stalinistas, vocês sabem por que nossa bandeira é vermelha e preta? – fala como se eles fossem duas almas perdidas à procura da verdade divina.

– Ah, confessou, seu puto, você iria se entornar em Barcelona, iria matar comunistas, mas respondo: tua bandeira é vermelha do sangue da menstruação das putas de suas mulheres e negro pelas sujeira da Ideia.

– Ochoa, quem lhe disse que ele não irá se entornar?

Os dois caem numa gargalhada histérica.

– Estes anarquistas são como uma árvore. Quanto mais se poda, mais cresce.

– Até o dia em que a gente corta o tronco. – filosofa Atandell.

– E todos estarão vestidos com um belo terno de madeira.

Quiroga envolve a paisagem: plena de rutilâncias do verão; naquela montanha abandona sua esperança, larga-a naquela fulguração, como quem joga num abismo o seu talismã.

– Sabe, Atandell, por que nossa bandeira é vermelha e negra? – Quiroga repete o grito, exaltado.

No silêncio que se impõe, Quiroga emenda, com um tom de triunfo, pois a enunciação de sua morte expurga-lhe o medo, como que limpa ficasse sua alma de uma podridão.

Atandell responde:

— Sei que esta teoria de anarquismo nasceu de um cretino de aristocrata russo, que em vez de lutar pelos operários, como Engels e Marx, balançava o cu pela Europa — Só dizem não: não ao comunismo, não à ditadura do proletariado, não à bandeira da foice e martelo, não aos soviéticos, não a Cheka, não, não — discorre Atandell.

Quiroga desconsidera a fala do outro:

— Vermelha pelo sangue que corre nas veias do povo e em terras de Espanha. Preta pela alma humana que exige profundeza para ser íntegra. Mas o que um comunista entende de profundeza? E depois, gostamos do Não, Não aos Burocratas, Não aos Padres, Não ao Estado, e Não ao Não — acentua e a ironia lhe faz bem, até sorri.

Ochoa resmunga, com uma afetada lamúria, depois solta um suspiro.

— Terra estranha a minha Galícia. Do seu ventre nasci eu, que me considero um bom comunista, pariu o Franco, bom filha de uma puta e gerou este louco. Atandell, você acredita que ele quase me convenceu? Mas como fala bonito, este puto de anarquista. Hombre, você decorou todas estas bobagens com Durriti?

— Teu pensamento é como madeira morta. Só serve para acender lenha.

Os olhos de Quiroga encaram o espelho e com um cuspo, grita:

— Vocês são putos até a raiz da alma: cagam pelo cérebro.

Um bofetão lhe arde no rosto: o rosto triunfante de vaidade que se deixa levar pelo destino.

Na luz forte de uma fogueira alimentada por tachos de óleo, caixotes, portas de casas e um pedaço de um púlpito, entalhado com figuras de anjos, onde desfilam tropas e mais tropas de soldados, engalanados com lenços vermelhos, a cantar a Internacional Comunista. A esperança havia morrido e com ela a certeza de que não encontraria mais a Ideia viva na sua Espanha, assassinada pela burocracia stalinista e pelos filhos de uma puta dos burgueses.

Abre a camisa, o calor invade o seu corpo e pensa: se estava a sofrer com a derrota pelos stalinistas, que se caguem os burocratas.

Quiroga sentiu um nó na garganta, como numa sombria revelação, emergiu a imensidão de sua dúvida; será que sua família merecia seu idealismo, será que a humanidade estaria satisfeita com o sacrifício de sua vida ou estaria a cobrar de mais anarquistas, mais sangue libertário?

— Ochoa, será que fiz me entender por este galego?

— Atandell, você foi muito claro, foi certeiro.

— Não sei se consegui tirar da alma deste anarquista algo a mais do que sua boca vomitou.

— Você tirou muito mais, hombre, mas afinal, o que você cochichou na ouvido dele?

— Ponderei — não ria, hombre, também posso ponderar — ponderei que se ele dissesse tudo o que sabia, haveria uma chance boa e dele se livraria, jogaria ele numa masmorra, esquecia de tudo, não avisaria a Cheka.

* * *

A impetuosa passagem por Barcelona. As ruas e os gritos de soldados e o término da viagem na porta de uma construção religiosa, arrastaram-no até uma sala enorme e centrada por uma mesa, um juiz — um tipo carrancudo — a ouvir o promotor — um comunista de pistola afivelada na cintura — a penhorar com seu nome e filiação e o rol de acusações. Depois, uma oferta surgiu: uma delação, apenas uma declaração que confessasse sua ligação com nomes desconhecidos. Seu silêncio orgulhoso leva-o novamente aos dois algozes: a sentença.

O prédio, Quiroga guardou na memória o endereço — Puerta del Ángel, 24 -, cruzou com maca empurrada por carrascos, cujos semblantes vibravam com a satisfação de predador saciado, apenas os gritos vindos de infernos inferiores pintavam o horror: a alegria dos torturados, o barulho molhado de toalhas empunhadas como chicotes que absorviam o sangue da pele lanhada. Depois a cela, estreita, mesquinha, à luz não cedia espaço, as paredes de pedras impediam-lhe de deitar-se: na penumbra, percebe, aos poucos, um vulto, também de pé, ele escorava-se, era débil de corpo.

— Você veio de onde, camarada?

— Galícia — Quiroga parou a conversa, temeroso da Voz.

— Qual o seu crime? — inquire a Voz.

— Nenhum, sou pastor, apenas isso. E o seu?

— Sou do POUM — a Voz exprime orgulho.

— Do POUM? POUM luta contra Franco.

— Contra Franco, está certo o camarada, mas também pela liberdade e liberdade está longe daqui, camarada.

— Estou perdido, então.

— Você é trotskista? — a Voz treme.

— Sou anarquista.

— Camarada, estamos condenados — Voz esconde o desespero.

— Quem é você? — pergunta Quiroga.

— Sou Adreu.

— Sou Quiroga, Francisco.

— Nin, é meu sobrenome.

— Estou morto, camarada. Se você, o Andreu Nin, está comigo, estou morto.

— Talvez não, se o camarada tiver sorte, passe para frente a notícia que Nin irá morrer com honra. E comigo estão Eva Sitting, Kopp e outros. Dá para guardar os nomes?

— Não esquecerei, camarada, nunca — Quiroga sentiu-se parte de uma humanidade fendida.

Depois de algumas horas, pela estrada sinuosa e escura, ao som do barulho do mar ele sorve a brisa marinha pela narina. Com a luz do dia surgiram alguns pescadores; que se repartiram e sumiram nas enseadas.

— Saia, Quiroga, venha ver o mar. Veja as gaivotas, como cantam a canção da fome.

— Onde estamos? — pergunta Ochoa.

— Aqui todos os anarquistas mostram a sola do pé. Estamos em Stiges, um bom lugar para férias.

— Ora, quem deseja férias, hombre? — sorri o outro.

— Um descanso desta guerra de matanças, não iria bem, Quiroga?

— Mas ele é um simples pastor que pouco entende de matanças, Atandell.

— Você quer dizer que ele apenas se diverte com suas ovelhas. Já comeu o cu de uma ovelha.

— Ochoa? Eu comi a preferida dele, debaixo de um oliveira.

Como um espantalho desconsertado, o homem está mudo, sem olhar para nada. Então ocorrem quatro ruídos, unindo-se a um só ruído: o mar, o ar, o canto e o bramido de Quiroga ao avançar contra Atandell. É Ochoa que o derruba com uma coronhada na cabeça.

— Vamos terminar com isso, Atandell.

— Sabe Quiroga, a única salvação dos vencidos é não esperar salvação nenhuma.

A rocha dependura-se sobre o mar: respinga as ondas fortes nas roupas dos três homens. Quiroga se aproxima do som do mar com os olhos vendados por um lenço vermelho.

* * *

Ochoa havia tomado três conhaques e comido um bom naco de presunto e limpado a boca na manga do paletó de lã e mostraria para Atandell uma tatuagem no braço e Atandell veria uma mulher e uma serpente e sabia que a mulher significava a esperança da vitória; a serpente: a esperteza dos comunistas e confessava sua vontade. Atandell ouvia distraído: cutucava a madeira gasta da mesa com um canivete sevilhano.

— Você quer me pôr um cálice de conhaque?

— Você deu para beber, Atandell?

— Hoje mereço. Vou ter que tomar uma decisão dura. E vi um maldito gato preto cruzando a rua.

Ochoa havia ouvido falar nas superstições de Atandell mas sua intimidade não ia ao ponto de saber a medida da sua mania: com cautela ele desconversou.

— As notícias correm como lagartas, Atandell. E se a coisa virar?

— Você é um derrotista filha de uma puta. Sabe o que o SIM faz com tipos como você?

— Camarada, nunca pensei em derrota. Penso apenas em reviravoltas da sorte. O dia às vezes é madrasta, às vezes é mãe.

— Sua coragem cresce de frente para trás, como rabo de bezerro — resmunga, depois de um tempo quieto, conclui —, tem certeza que ninguém aqui na Catalunha conhece este galego?

13

AS DUAS PUNKS

No vilarejo próximo ao condomínio, os olhares de Cássia e Kiss passeiam pelas vitrines das lojas, desertas como a alameda que percorrem.

Do outro lado da rua, dois rapazes numa pick-up Dodge observam as mulheres.

— Olha lá, duas potrancas.

O jovem ruivo, que dirige, olha pelo espelho retrovisor e retorna.

— Porra, de onde surgiram esses rabos? — indaga o outro rapaz.

— Só podem ser as tais atrizes da maldita festa dos velhos — resmunga Ernesto. Encostam o carro junto à guia e começam a seguir as moças.

— Vamos dar uma olhada no mercadinho? — convida Cássia.

— Preciso "desapropriar" um modess — comenta a outra, com naturalidade.

— Por aqui não, pelo amor de Deus — implora Cássia.

— Sempre "desapropriei" modess e não é agora, num lugar tão jeca, que ia parar — Kiss oculta um sorriso.

— Não conte comigo. Se por azar der alguma baixaria, perdemos nosso trabalho.

— Vem comigo, senão te acuso publicamente como arrombadora do cofre de moedas do seu pobre sobrinho. Eu peguei você no ato, lembra? — Kiss ri e arrasta a outra para a porta do mercadinho.

— Vamos nessa — comanda Boris, seguido por Ernesto — e vê se não peida.

Pelos quatro corredores do mercadinho, as duas examinam as mercadorias, sob o olhar de duas funcionárias sonolentas que ouvem música country.

— Me dá cobertura que o jogo vai ser rápido — murmura Kiss.

— De perto elas são mais comíveis — nota Boris.
— Gosto da mais alta — responde Ernesto.
— Atenção, a caça está arisca — comenta Boris, ao ver Cássia vigiar em redor.
Kiss estira o braço, fisga um pacote de absorvente feminino e o examina com aparente curiosidade.
— Até parece que você nunca viu um modess na vida. Vou pagar antes que a gente entre numa fria.
— Se você pagar eu não falo com você por uma semana — retruca Kiss.
— Mais uma razão para eu pagar.
— O que será que elas estão discutindo?
— Parece que sua gata está naqueles dias — nota Ernesto.
— É assim que eu gosto. Essa gente de teatro me excita: são sujos e não gostam de banho.
— Vamos dar um aperto — movimenta-se Ernesto.
Os dois rapazes passam então para o corredor lateral, onde estão Cássia e Kiss.
— Pronto, está no papo — orgulha-se Kiss pelo gesto rápido de esconder sob a blusa o pequeno pacote de modess.
— São duas punks — Boris encanta-se.
— Gatunas, você quer dizer.
É Kiss que percebe que os homens haviam visto a operação. Boris dá um passo em sua direção e cumprimenta-a com um gesto de cavalheiro, como a insinuar que havia aprovado o furto.
— São quase de graça, mas o susto faz parte do preço — Kiss comenta.
— É por isso que é um consumo emocionante — concorda Boris.
Ernesto dirige-se a Cássia, com um tom simpático:
— Vocês são as atrizes de São Paulo, certo?
— Temos jeito de atrizes? Credo, que horror! Atrizes e atores são gente vulgar!
— Atrizes pós-modernas não são vulgares — cumprimenta Ernesto com um gesto.
— Mas que bonitinho, nos chamando de pós-modernas. Você não tem um punhal na mão para completar o assassinato?
— Então conserto a definição: as moças não são vulgares porque não são pós-modernas. Está bom assim?
— Um pouco melhor — concorda Cássia, com um olhar zombeteiro.
Boris interfere.
— Vamos embora antes que o passarinho que está debaixo da blusa da moça não saia voando por aí.
Ernesto ri, debochado.
— Qual é a graça? — pergunta Cássia, curiosa.

— Ele me acha um debochado. É tradição entre a família dele, Das Flores, ter cara amarrada, o que por estas bandas indica que uma pessoa é séria.
— Sou calabrês e ponto final.
— Valha-me Deus — benze-se Cássia.
— Até parece que calabrês é só cabeçudo. Já conheci calabrês bicha — desafia Kiss.
— Então você precisa conhecer o Tiné — Boris troca um olhar gozador com o outro.
— O tipo é gay?
— Muito ao contrário. É um cabeçudo héteroprimitivo, um macho em estado puro — explica Ernesto.
Agora são as duas que riem. Kiss explica:
— Pois nós somos lésbicas, em estado puro. Duas sapatonas assumidas. Que tal?
Os dois homens entreolham-se, calados e frios. O grupo caminha em direção da casa de Álvaro.
— Qual é teu nome? — pergunta Cássia.
— Boris. Você vai à minha casa hoje?
— Temos compromisso com Mishima. O grande Mishima.
— Quem é esse?
— É o autor da peça; vamos ter que ensaiar.
— Mas o teatro está fechado. E eu tenho uma suíte bem grande, parece um palco.
Os dois entreolham-se e Boris ri.
— Aquela é a minha casa. Sentarei na primeira fila — insinua.
Os dois vão embora.
Kiss aperta a coxa da outra com força.
— Agora vou lhe contar a minha história, sua galinha. Enquanto você conversava com aquele babaca, ele amassava minhas tetas por detrás e, quando o babaca pronunciou teu santo nome, todo meloso como focinho de gato, eu, Kiss, lésbica pela graça de Deus, dei-lhe um beijo molhado. E então, sua babaca, consumou-se a farsa, pois ele não pode esconder que se lambuzou. Você acha que um macho vai agüentar horas e horas de "ralo-ralo"? Ele esporra dentro de você e vira as costas, como todo macho satisfeito.
Cássia aproxima-se, ergue os cabelos de Kiss e murmura no seu ouvido:
— Vamos, temos que ensaiar.

14
ATRIZES INFELIZES

A desordem de roupas espalhadas pelo chão e as vozes femininas anunciam Cássia e Kiss, que surgem, saídas do banheiro: Kiss nua e Cássia, de soutien e calcinha. As mulheres movimentam-se, com gestos e andar artificiais: obedecem a uma marcação teatral.

Cássia: – Tu me encantas. Nunca vi antes um corpo nu assim tão belo e puro: teu ventre, teus seios, tuas coxas. Valeu a pena a espera.
Kiss: – O que disse?
Cássia: – Foi por ficares esperando o teu grande amor que tu ficastes tão bela. Em algum lugar do vasto mundo uma mulher perdeu os seios e eles voaram e prenderam-se em ti, maravilhosos e frescos como duas medalhas de carne. O que todas lutam para conquistar com esforço tu ganhas somente restando-se imóvel, na espera.
Kiss (não presta atenção e monologa): – Primavera, verão, outono. Qual chega antes? O verão ou o outono? Se eu tivesse o leque de Yoshio em meu poder e as margaridas florescessem, tenho certeza de que a primavera chegaria. Que felicidade seria a minha se a neve, que se estampa no meu leque, se derretesse!
Cássia : – Venha aqui.
Kiss: – Sim.
Cássia: – Lá fora é quase noite, não é?
Kiss: – É quase noite.

Cássia: – Por esta noite brilha o sol do amanhecer, não é? E cantam os galos. Na ilha a que iremos não se usa relógio, não é?
Kiss: – É isso mesmo.
Cássia: – Jitsuko, por que precisamos viajar?
Kiss: – Já não iremos mais. Ficaremos aqui nesta sala para sempre.
Cássia: – Ficaremos aqui para sempre. Ó, como estou feliz, Jitsuko!

Kiss quebra o mutismo chamando a outra para si:
– Quero te beijar. Teus seios estão excitados.
– É o frio – retruca Cássia, chateada.
– Nada. Conheço teu tesão. Tuas tetinhas parecem duas rosas. Vem aqui – diz.
– Mais tarde.
– Por quê? Eu te amolei?
– Porra, hoje não estou legal, só isso. Pega o vibrador.

Kiss aproxima-se lentamente, beija a boca de Cássia, enfia sua língua na boca da outra e segura-a pelas nádegas, arranhando e tirando de Cássia um gemido de prazer. Conduzindo-a para a cama, deita Cássia e enfia a cabeça entre suas coxas grandes e brancas, chupando o clitóris e enfiando-lhe o dedo no cu. As tetas de Cássia endurecem e são acariciadas pela mão direita de Kiss. A baba de Kiss se mistura com a porra da outra e escorre pela sua boca. As mulheres gemem, murmuram obscenidades, se revolvem uma sobre a outra com persistência. Aos poucos, as duas cedem na intensidade, até balançarem-se, como embaladas ao ritmo de uma valsa lenta.

Kiss acaricia o rosto de Cássia:
–Vamos envelhecer juntas. E nosso jardim terá gerânios e no inverno acenderemos nossa lareira e tomaremos chá de erva-cidreira para dormir.

Cássia sorri tristemente, e diz, levantando-se, enquanto se olha no espelho:
–Vamos ter que encontrar Rodolfo.
– Merda, não naquela porra de coquetel. Não tenho saco de agüentar esses pentelhos filhas de uma puta.
– Temos que ir, querida; faz parte do jogo e do cachê.

* * *

15
ESPELHOS

Rodolfo confere a hora no relógio. Levanta-se e aproxima o rosto no vidro da janela do quarto, observa as ruas banhadas por uma neblina que se espalha pela paisagem. Fica pensativo e sente a barriga roncar de fome.

– E estas putinhas que não aparecem! – reclama.

Os carros aglomerados no pátio de estacionamento, o fulgor das lâmpadas espalhadas, no meio dos tufos de arbustos, ali Rodolfo permanece a amealhar forças para enfrentar a presença avassaladora de Álvaro, a gélida mão de Beth, a tibieza da voz de Das Flores e a rudeza de Tiné. Quais livros estariam em suas cabeceiras: *Manual da Microsoft 2001, A Terceira Onda, As Louras São Mais Amorosas? Ramsés ou o Dicionário de Citações?*

A lassidão toma-lhe o corpo, senta-se sobre a grama, observa a imensidão estrelar, assim fica imóvel, com os pensamentos soltos. Arrebata o paletó, veste-o e sai para a rua, em direção ao Casarão. Enquanto caminhava, sentiu uma mão segurando-o pelo ombro.

– Calma – avisa Tiné. – Esperando por alguém?

– Não, estava apenas tomando fôlego – e, ao levantar-se, diz – descobri que as escadarias são mais longas e as ladeiras, mais empinadas.

Tiné conserva um olhar frio em seu rosto.

– A reunião já começou.

– A reunião festiva? – arrisca Rodolfo.

– Entre camaradas há sempre reunião: umas mais alegres do que outras... nunca festiva.

De repente, ouve-se um tiro. Passados alguns segundos, as luzes apagam-se. Os dois homens postam-se imóveis até que Tiné lança o corpo para a frente; mergulha e desaparece na imensidão negra do gramado, que reassume a paz. Movido pelo medo, Rodolfo dispara em direção à porta principal do Casarão e se esconde atrás de um vaso grande. Pensa em apertar a campainha de entrada, mas desiste; teria de erguer o corpo e expor-se a um tiro.

– Porra, o que eu faço?

Põe-se, então, a rezar:

– Senhor, conserve meu emprego e me proteja desta luta política; conheço na própria carne a guerra pelo poder entre comunas. Senhor, eles são impiedosos, esmagam com tanques de guerra o povo desarmado, caluniam seus opositores... Pior, meu Deus, é que essa cambada não tem fé: eles são uns ateus!

Mais calmo, ergue-se, soca a porta, até que, para sua surpresa, surge o rosto de Tiné.

– A escuridão te dá tanto medo assim? – o outro comenta, debochado.

A humilhação lhe aviva o sangue, gira as mãos no ar, agita os olhos, bate o pé no chão, inerte com uma raiva que sabia existir há muito anos.

– Se estou com medo? Sim e mais, estou puto da vida por sentir medo do jeito que eu estou sentindo, porra! Atravessei um oceano para me livrar disso e aqui estou eu, deitado no chão para me livrar de gente com sangue nas mãos, puta que pariu!

– Vamos para dentro – Tiné cerra o semblante.

No hall de entrada, que se interpõe ao barulho de vozes vindas do interior da casa, há uma pequena mesinha Luiz XV, encimada por uma fotografia de Beth com Das Flores.

Rodolfo examina o rosto da mulher: é um documento vivo, alguém que carrega uma pasta repleta de anotações, onde sepultam as emoções, em catálogos, as idéias em secções distintas.

– Você conheceu mesmo Brecht? – pergunta, curiosa, Beth.

Ela havia feito a pergunta, elaborada com voz firme. Rodolfo, com a sabedoria de velho polonês, respondeu o mesmo que havia dito a Álvaro:

– A geração de Brecht foi a inspiração da minha geração. Somos irmãos de palco, se assim posso dizer sem parecer pretensioso. Sabe, uma noite cruzei com ele em Berlim, no *Ensemble*. Era um homem com muito charme, com jeito de operário. Eu acabava de estrear num pequeno papel no Hamlet e ele me cumprimentou, acho que mais para ajudar um ator estrangeiro; como todo grande homem, era generoso – concluiu, com dissimulada nostalgia.

Beth mostrou-se impressionada; depois examinou-o, com alguma deferência, e Rodolfo sentiu-se um espólio de uma herança gloriosa: a arte como arsenal de Lênin na conquista do proletariado.

Tiné puxa-o de lado.

– Não diga nada a ninguém – pondera Tiné a conduzi-lo pelo corredor entulhado.

– Está certo. Para que alarmar? Até poderia ser um cachorro.

– Não foi um cachorro – cortou, peremptório, Tiné.

O salão está deserto. Tiné desconserta-se, mas marcha até a porta de uma saleta; ouve vozes.

– É melhor você retornar ao teatro. Amanhã Álvaro conversa sobre a festa.

– Mas combinei com as meninas.

– Eu despisto – e dá por concluída a conversa.

16
OUTRA REUNIÃO

Rodolfo compreende que bisbilhotar a conversa dos homens, trancados naquela sala, se encaixa dentro de fidelidade aos seus medos e ousadias, talvez como quem procura ver a lava de um vulcão, debruçado sobre o abismo.

Ele se esgueira à procura do canto mais escuro da parede recoberta por hera, do qual poderia ouvir a conversa que ocorre na sala.

Ouve um toque de um celular. Pela voz, percebe que é Raposo quem atende.

– Sim, pode falar; mais rápido, estou numa reunião. Sim, de amigos. Não, não tem mulher, não. Passei seu recado para o deputado. O projeto tem o apoio do presidente. Claro, ele também está no mesmo barco. Se tem grana? Ora se tem! Falo com você mais tarde. Tchau.

As vozes retomam o diálogo, se alternam. Reconhece a voz de Tiné:

– Camaradas do Mutirão, aprendi que ordens são ordens, mas fiquei muito chateado com essa desconfiança com a Segurança. A história da luta do povo ensina que Segurança é o esteio da Revolução. A Segurança são os olhos e os ouvidos do povo. Sempre fui e continuo sendo um leal membro da Segurança e posso dizer com orgulho: na Segurança ninguém é a faca e muito menos a ferida. Em respeito às diretivas deste verdadeiro Soviete que é o Mutirão, botei no papel tudo o que aconteceu no dia 29 de março de 1964. Todo dia, pelas nove horas da manhã, eu telefonava para a camarada Beth. Afinal, ia acontecer o enfrentamento do imperialismo com as forças populares. E posso assinar o que digo: nenhum camarada tremeu quando convoquei a reunião no dia 29.

E disso tenho certeza, pois conheço muito bem a voz de quem se caga de medo. O resto vocês sabem. O quinta-coluna assassinou nosso querido camarada Rúbio.

A voz embargou-se, perdeu-se no silêncio da sala. De repente surge uma exclamação atormentada:

– Eu encontrei o corpo. Ainda sonho com ele. Que merda é um corpo sem vida!

– Sérgio, você quer que eu leia o teu relatório? – resmunga Álvaro

Rodolfo ouve Sérgio tossir com sua voz pastosa.

– Companheiros, estou cumprindo a tarefa que se impõe para desentocar a raposa assassina, arrancar o seu olho pelo nosso olho, o dente pelo dente, sepultar seu corpo numa vala, junto com o nosso passado; o meu, o teu, Das Flores, e o de todos vocês. É muito estranho que, ao me lembrar da dor que me abalou, é exatamente dela que me sirvo para escarafunchar a memória. Naquela madrugada do dia 1º de abril, corri para a rua, fugindo da imagem de Rúbio morto. Estava a caminhar tão desesperado pelas ruas que não percebi um cão vira-lata me seguindo. Permiti que me acompanhasse até a porta da pensão, mas tratei de expulsá-lo quando ele tentou entrar na casa. Aquele ato mesquinho, que me envergonha até hoje, desencadeou em mim um sentimento de loucura: "e se Rúbio estivesse reencarnado neste cão e ele quisesse me conduzir até o assassino?" Alucinei, dei meia volta e me enfiei no boteco da esquina. Mas minha jornada havia começado na manhã do dia 31. Perto das dez horas da manhã, o telefone tocou. Um dos pensionistas chamou por mim e lá fui eu atender o Tiné, bravo como sempre, me convocando para uma cerveja no Cristal, às duas da tarde. Sabia que era a senha para uma reunião urgente.

Surge então a voz de uma mulher:

– Vamos ser mais responsáveis? É nossa vida que está em jogo, não é nosso passado sentimental; é nosso futuro concreto. E o que vocês me trazem? Literatura barata, balancete de lucros e perdas... Isso é uma grande piada, ou não é?

– Beth, fico espantado. Você então espera uma confissão de *Qualquer*, um militante frio, educado para enfrentar anos e anos de clandestinidade, que pode estar aqui sentado e, depois de tudo isso, ter a coragem de nos assassinar? Não temos como checar o que é ou que não é verdade nesses relatórios, cacete! Traidores são como baratas: desaparecem ao menor movimento. Pergunto a você, Beth, como você vai aceitar minha inocência se eu estava, na manhã do crime, no cine Ipiranga, sozinho, sem ver ninguém e sem ser visto?

– Aí é que você se engana, companheiro. Sei que você mente. Posso dizer onde e com quem você estava? – a mulher desafia.

– Não; não pode. Você sabe que sou inocente – insiste o homem, com voz calma.

— Que você não estava no quarto de Rúbio, antes de ele morrer, é verdade.
— Onde ele estava?
— Beth, você lança uma suspeita sobre Sérgio e depois volta atrás? Agora você vai ter que falar.
— Depende de Sérgio. É um assunto pessoal, não é? Só falo se ele autorizar.
— A palavra é sua — comanda Raposo, dirigindo-se a Sérgio.
— Nossas ideologias faleceram no século passado. A de *Qualquer* morreu primeiro, talvez até por ser um conto de fadas. Já o marxismo leninismo, ao menos aquela idéia que nós amamos um dia, padeceu de leucemia: da medula, leia-se Stalin, nasceu a primeira célula infeccionada pelo câncer. Matamos nossos inimigos na Espanha, matamos um galego, mexemos com entranhas, com vingança e vingança e vingança — sussurra Sérgio.
— E onde entra Rúbio na história, onde fica seu cadáver? — Álvaro eleva a voz.
— Partiu nosso coração, deixou entre nós um vazio, mas não podemos fazer nada para reparar essa perda. Ele deu sua vida pela nossa causa. Estou enfiado até a cabeça para encontrar *Qualquer*. Raposo pesquisa sua trajetória e até agora não descobriu nada. Álvaro já disse: ele se esconde entre nós, sabe nossos passos e, Deus meu, tomara que eu esteja errado, mas está nessa sala agora, porra!
Sérgio, resignado, então se decide:
— Tudo bem, eu conto tudo.
Dentro da cabeça de Sérgio, todas as cenas daquela noite ganham vida novamente. Sente mais uma vez os olhos de Alberto fitando fixamente os dele e o passado o toma por completo.

— Serginho, você perdido na Boca? — cintila nos olhos de Alberto uma alegria esfuziante. — Quer carona?
— Estou em pesquisa literária — goza Sérgio.
— Não conheço ninguém que minta com tanta sinceridade como você — replica Alberto.
Alberto segura a mão de Sérgio e puxa-o para dentro do seu Fusca preto. Tira um baseado, acende, puxa com fervor e passa-o para ele, que puxa com mais força do que queria.
— Tenho pouco tempo — justifica Sérgio.
— Pois eu tenho poema novo — arfa a revirar uma pasta sebosa, inchada de papéis. — Pronto, leia e me diga, com sinceridade, o que acha.
— Betinho, não sei se gosto ou desgosto. Sou de outro século.
Examina novamente o papel, hesitante.
— As formas são simétricas, se isso for um mérito, sei lá eu.

Alberto se aproveita e segura a mão de Sérgio; depois, num gesto rápido, acaricia seu rosto. O poeta não pôde ocultar que compreendia a sua ternura, a marijuana havia aberto uma brecha em seu espírito.

– Betinho, vamos deixar nossa amizade na literatura – diz, desvencilhando-se.

– Gostas de bicha, ainda?

– Bem menos.

– Sabe que quem come acaba dando?

– Sei, mas fiquei na primeira fase.

Sérgio olha para o relógio.

– Tenho que ir andando. Desculpe, mas não tenho ânimo para poesia. Você me dá uma carona até a Aurora?

Com um gesto, Alberto recusa:

– Querido, seria um grande prazer e quem sabe até podia passar uma cantada em você para esquentar meu travesseiro, mas tenho um compromisso aqui perto. Coisas de namorado – lança-me um olhar deliciado pela vingança.

Sérgio observa o carro de Alberto a se perder na esquina, dá uma dezena de passos e eis que vê o Fusca de Alberto estacionado ao seu lado. Pela expressão, ele está bem assustado.

– Você já viu tanque de guerra na avenida São João?

Pelo vidro do carro, os tanques agitam-se pelo asfalto, ladeados por um cortejo obediente de caminhões-transporte, repletos com soldados.

Betinho puxa o amigo para dentro do Fusca e arranca em direção contrária.

– Vamos para o Carvalho, ele deve saber das coisas e tem uma novidade para nós do interior – diz ele. – Ele é um cara legal, o Carvalho. É filho de um desembargador, gente fina e poderosa.

Carvalho era simpático, apesar do sorriso escapar de seu rosto com esforço. Conduzidos por ele, Sérgio e Alberto entram numa sala imensa, com piso de mármore, uma estátua de Vênus, no canto, e mais quadros.

– Assaltou alguma mansão? – brinca Sérgio.

– A do meu pai. Ele nem percebeu – diz, com bom humor. Depois aponta para uma mesa de centro, onde, sobre o vidro, há uma dúzia de carreiras de cocaína.

Carvalho olha para a nossa reação, curioso.

– Cocaína?

– A melhor do mundo, a da remessa da Bayer – exulta.

– Carvalho, amorzinho, você tem um coração de mãe – amolece-se

Betinho, já ajeitando a cadeira em direção da mesa.
— Aproveitem, pode ser a última remessa. Algo muito importante irá acontecer, o país vai mudar.
— Por quê? — Pergunta Sérgio, depois de repetir, gesto por gesto, o ritual de Betinho aspirando o pó.
— Você sabe alguma coisa sobre os caminhões do Exército que estão atravessando a cidade?
-Ah, já começou? — assusta-se Carvalho.
— Começou o quê?
— A Revolução, ou golpe contra o abestalhado Goulart.
— Essa não, não creio; estamos fortes — balbucia o poeta, para esconder seu medo.

Sérgio acorda do passado. Sua atenção volta-se para a sala repleta de olhos.
— Apenas duas vezes na vida cruzei com Rúbio fora de tarefas políticas. Numa noite veio acompanhado por uma moça de olhos tristes, loura, que segurava o braço dele.
Aproveitando uma ausência dela, Rúbio me confessou que ia pedir sua mão em casamento. "Depois do triunfo da nossa revolução", arrematou. Falava num tom de seriedade que mais tarde me faria lembrar da aflição dele, naquele momento, para escolher o presente de casamento. Se conto a vocês esses detalhes, é para confirmar: nunca encontrei na vida uma alma tão pura como a de Rúbio.
— Mas, afinal, onde você esteve até meia-noite? — insistiu Renga.
— Estava com um poeta que conheci em Araraquara. Conversamos sobre trovas e mexericos letreiros.
— Poeta como você? — Renga insiste no tom de deboche.
— Posso garantir que Sérgio esteve com o tal poeta — pontifica Beth.
— Informações privilegiadas? — ironiza Raposo.
— Confiáveis — a voz de Beth dá por terminada a questão, mas o rosto do homem volta-se à janela: Rodolfo percebe a tristeza que salta de Sérgio.

17

AS IDAS DE RAPOSO

Agora no Casarão só restaram Renga e Álvaro. Este se ajeita na poltrona e ouve a indignação do Renga.

— Estou meio puto com você. Está entrando na paranóia do Das Flores. Deixou ele mais nervoso!

— Mas se alguém entrasse na tua casa, roubasse as tuas coisas e violasse teus segredos bancários, você estaria contratando um detetive particular.

— Não iria mover uma palha; fui um reles soldado, um estafeta que levava recados daqui para ali.

— Renga, um homem está nos cobrando pelo nosso passado. Você pode escrever, este cara irá até as últimas conseqüências.

Reforça a frase com um sentimento de profunda apreensão.

— Vou ler o relatório que Raposo me deixou. Posso? É bem pitoresco.

Dia 11: encontro na PUC para uma reunião com o pessoal do PC. Fico puto com a presença de Tiné, zanzando pelo pátio. Isso era uma grave quebra da segurança, que ele não perdoaria em outro, mas pensei: se Tiné estava por ali, era por um motivo forte.

Escapulo da conversa, com uma desculpa esfarrapada e sigo para o bar Cristal, seguido por ele. Agora se comporta segundo as regras. No banheiro, passa-me as ordens, sem esperar perguntas. Retorno à PUC e agora falo com os trotskistas.

Penso. Se a idéia da Revolução contamina qualquer mortal, a Revolução Permanente alucina. A imaginação dos trotskistas é mais rica que a do Walt Disney. Trotsky tinha suas razões, mas as razões de Stalin eram mais afiadas.

Faço hora no pátio com uma moça da Polop, uma cristã marxista que crê no Socialismo, leia-se o Diabo, e em Deus. Deus só existe pela crença. O Diabo existe pela Natureza, mas ela nunca soube disso.

– Agora Raposo muda e começa a sublinhar o relatório. Diz que é para resguardar o nome de seu contato – comenta Álvaro.

Alerta aos camaradas: vamos manter segredo absoluto sobre a identidade do nosso companheiro. Na sua empresa fizemos a nossa reunião: hoje é um homem público muito influente. E melhor, sempre pronto a nos ajudar.

Estou iniciando uma pesquisa sobre a Revolução Espanhola e sua repercussão no Brasil. Não se espantem. Tive a idéia de estender a pesquisa sobre o nosso grupo, descobrir a ligação dos movimentos de lá com os daqui. Você sabe muito bem que eu sempre achei que a morte de Rúbio era vingança. Agora minha tese se confirma com as recentes agitações de *Qualquer*.

Gostaria que vocês me passassem alguns dados oficiais da nossa turma, como nome completo, data e local de nascimento, filiação e, se possível, um pequeno relato da família e suas origens, com o nome de avô, avó e lugares onde viveram. Acho que estou no caminho certo para encontrar *Qualquer*.

Renga levanta-se e bate o pé no chão, demonstrando seu desconforto com o relatório.

– Confirmo o que disse sobre a proposta de você. É ingênua. Vocês querem uma investigação sem o poder de polícia. O que é isso, companheiro?

– Tentamos tomar o poder e nos ferramos. E perdemos Rúbio, morto por um assassino, criado entre nós. Temos que descobrir *Qualquer*, porra! Nem falo mais pelo passado, mas pela nossa própria vida – e sua mão aperta, com força, o braço de Renga.

– Que direitos teriam os revolucionários de 1917 em exercer uma tutela sobre nós? Eram herdeiros de uns eslavos cheios de vodka, com raiva de um Deus, com o desespero na alma que resultou em romances imensos. Enquanto isso os seus demônios, os norte-americanos, conquistavam o Oeste, descobriam o telefone, a lâmpada, o cinema e o México para invadir. Porra, nós somos latinos!

Depois completa:

— Somos lastimáveis. Não defendemos quem amamos e não odiamos nossos inimigos.

— Temos um caminho, vamos até o fim. — pergunta Álvaro, ao observar Renga examinando uma fotografia de Kiss e Cássia.

— Está me ouvindo?

— Estava pensando que, no verão de 1874, um grupo de jovens russo saiu de Moscou e outras cidades levando o socialismo aos camponeses, às aldeias russas. Foi um fracasso. Depois comecei a pensar nas garotas, de ancas largas, sustentando um par de nádegas tão arredondadas como jabuticaba — diz sorrindo, para, em seguida, mudar de assunto:

— Olha, já se disse que o homem é um ser monstruoso que tem a cabeça voltada para trás e os pés para frente. Tudo que você faz é olhar para o passado.

— Posso confessar? O seu relatório deixou todos nós perplexos.

Álvaro apanha um papel e começa a lê-lo:

Você que é um lutador, um revoltado contra o status quo, lute para igualar todas as classes sociais. Essa é a verdadeira luta de classes! Não troque sua classe por outra de melhor valor. Cuidado com as falsificações!

Último Aviso: a revolução precisa de V. Troque sua amada por uma foice e martelo. Não perca esta promoção.

Quando o telefone tocar, V. deve atender, pois V. poderá ser sorteado com um fuzil e dinamite. É o concurso "Alô, Lênin".

Tudo que a URSS fez de cagada transformou-se em relações públicas.

Dance a valsa leninista: um passo atrás e dois para frente. Mas atenção com o bueiro aberto.

18
FUMO GROSSO

No dia seguinte, Ernesto e Boris comentam o encontro com Cássia e Kiss.
— E as fêmeas? — inquire Ernesto.
— Sei lá.
— Você que é o rei das trepadas, não acha elas gozadas?
— Como assim? Panacas?
— Não. Putas avançadinhas, que são umas caipiras. E burras.
— Nada. É gente muita viva, Ernesto. Sabem que têm um tesouro entre as pernas. E mais, elas não abrem as coxonas para ninguém.
— O que você acha dessa piração de peça de teatro, de muro de lamentação, de Rúbio e tudo o mais?
Boris vai até uma árvore e retira, de uma pequena caixa de metal, um baseado. Acende-o, com cuidado, dá uma profunda tragada e passa-o ao amigo. Observa, com um sorriso, a dificuldade de Ernesto em manter acesso o cigarro de maconha. Depois desabafa.
— Quero que se foda o passado dos outros. Quero é curtir uma boceta, só isso.
— O papo está mais sério. Eu gosto de curtir uma boceta e um fumo.
— Curtir uma boceta, um fumo e o Shopping Iguatemi.
— Curtir uma boceta, um fumo, o Shopping Iguatemi e um filme de sacanagem na TV.
— Curtir uma boceta, um fumo, o Shopping Iguatemi, um filme de sacanagem na TV, um site de putaria.

— Curtir uma boceta, um fumo, o Shopping Iguatemi, filme de sacanagem na TV, um site de putaria e a Ilustrada.
— Curtir uma boceta, um fumo, o Shopping Iguatemi, filme de sacanagem na TV, um site de putaria, a Ilustrada e cinema iraniano.
— Bem, já estamos calibrados.
— Li o que sua mãe vai discursar amanhã na festa.

Boris cala-se por alguns segundos. De repente, segura o braço do outro e encosta-o na parede. Ernesto balbucia:
— Calma, irmão. Estava na escrivaninha do meu velho. Li por ler e pronto, sem mais nada.
— E daí?
— Daí descobri que a Mãe Coragem acusa a Social Democracia de deletéria. Como meu pai se diz um social democrata, sou filho de um deletério e deletério também.
— Então?
— E você, como me classifica?
— Um aristocrata, filho de um aristocrata que gosta de champanhe e caviar, mas atualmente toma birra e come mortadela.

Repentinamente os dois caem numa risada incontrolável.
— Estou com vontade de dar um aperto naquela ruiva.

* * *

Não muito distante dali, no teatro, um Rodolfo perturbado observa o cenário e sente uma sensação estranha. Gira o corpo em tempo de observar uma sombra, que foge para dentro dos bastidores.
— Somos nós, mulheres abandonadas, atrizes desprezadas — grita Kiss atrás da cortina.
— E com preguiça de ensaiar. Já jantaram?
— Ontem à noite — Cássia surge com a roupa da peça.
— Almoçamos com Renga.
— Almoçaram ele?
— Não gosto de homem, muito menos de bucho. Só falou em perfumes, odores e no seu sucesso, um perfume para gays. É um puto burguês — Kiss diz, com nojo.
— Bom, vamos trabalhar, para variar.
— Macho Man, sapatão também é gente. Batemos perna por aí e descobrimos coisas estranhas.

Diante do silêncio pesado de Rodolfo, Kiss comenta:

– O que é, viu o Saci?
– Não, também ouvi coisas estranhas.
–Vamos juntar os cacos e ver que vaso vai dar?
Rodolfo desconversa:
– Depois de amanhã, logo cedinho, vocês duas pegam a grana do cachê e somem daqui.
– Sim, vovô.
Cássia aproxima-se de Rodolfo e sussurra no seu ouvido:
– Estou com medo dos filhos dos homens, Boris e Ernesto. São barra pesada, escuta o que eu digo. Estão lá no camarim, puxando uma carreira brava.
Kiss sacode a cabeça para confirmar o que a outra diz. Os três ficam em silêncio.
–Vou ver o que eu faço.
– Cuidado, hein, além de tudo parecem que são os reis do pedaço.
Rodolfo abre a porta do camarim e enfia o rosto pela fresta.
– Oi, rapazes.
– Cara, você surgiu de onde? Da boca do lobo? Que matreiro, hein, polaco.
– Essa é boa. Não querem ver o ensaio?
–Tem nu artístico? – pergunta Boris.
– Essa é boa. Tem duas excelentes atrizes da nova geração.
– Senhor, essa é boa. Fica na tua que estamos aqui esperando as meninas. Papo limpo, coisa de gente fina, pois somos gente fina; eu tenho um Dodge, logo sou gente fina. Sou ou não sou fino? – endurece Boris.
– Se é – concorda Rodolfo, com presteza.
– Então tio, vai chamar a ruiva para mim. Ela é uma coisa muito gostosa, vou mostrar para ela meu pé de mesa. Do saco à ponta são 28 centímetros.
– Sem brincadeira, vamos lá assistir ao ensaio.
–Velho, não enche o saco.Vá rebolar, se me entende – irrita-se Ernesto, que parte para cima de Rodolfo.
– Deixa o velho em paz, Ernesto. Ele é um artista.
– Não sou mais, sou um ser humano comum.
– Uauu, você sabe que eu quase caio na sua e acredito que você é normal, como um ser humano comum. Mas você não é; você é o grande Rodolfo, um dos fundadores do moderno teatro brasileiro, um dos que trouxeram a arte de dar o rabo para os trópicos e orientou os nossos pobres bichas enrustidos a serem mais eles.
– Traga as duas pra cá. Elas são mulheres independentes. Aliás, põe independência nisso.
– Elas precisam trabalhar. Vamos ensaiar a peça para amanhã. Vocês sabem muito bem, amanhã é a festa de seus pais – diz Rodolfo.

– Tio, estamos de saco cheio dessa festa. – Ernesto resmunga.

Duro entra destrambelhado, abana o toco do rabo e vem fazer festa para Rodolfo, que o acaricia. Pela porta do camarim, surge Tiné; permanece calado por alguns segundos a olhar o grupo, até que pergunta a Rodolfo:

– Tudo bem?

– Tudo bem.

– Que mau cheiro é esse? –quase berra.

– Estou defumando o camarim. Para dar sorte –contemporiza Rodolfo.

– Boris, seu pai está chamando.

– Maravilha, vamos indo.

Tiné procura demonstrar solidariedade.

– Sei que estavam fumando maconha e cheirando cocaína; sempre fumam escondido, e não sei como avisar Das Flores e Renga. Ainda bem que me respeitam.

– Os pais conhecem suas crias.

– Sabe o que acontecia na União Soviética com esses tipos?

– Imagino.

– Bofetões e calabouço. Era uma vez só.

19
ÚLTIMA PARTE

–De quem é o cão? – pergunta Raposo, ofegante, ao tentar acompanhar *Qualquer*.
— De Tiné — comenta *Qualquer*.
— Conheço ele há séculos e ainda não me acostumei com seu jeito. Vamos colocar Tiné no museu da revolução — debocha com simpatia. — Estamos longe? Esses morros me matam.
— Escondi bem escondido, por motivos de segurança.
— De que calibre é?
— A metralhadora ou a pistola?
— A metralhadora. Sabia que o Julião recebia essas coisas de Cuba; havia um zum-zum-zum sobre casacos de couro que a gente ganharia... Lembra, imagina só que crédulo eu era, sonhava vestir um casaco de couro doado pelo Guevara!
— E o que você vai fazer com uma metralhadora enferrujada em Brasília? — sorri *Qualquer*.
— Certamente que não será usada para fazer uma grande limpeza política na Câmara ou no Senado. Descansará na minha coleção. Ela terá lugar especial, pois ao menos tentou entrar para a História.
— Você nunca usou armas, sempre foi contra a luta armada.
— E não estava certo? O poder apodreceu e caiu em nossas mãos, sem tiro, só com o votinho do pessoal.
— Você está mesmo satisfeito com o estado das coisas?
— E quem não está?

— Eu.

— Imagino você atrás de uma barricada. Não rio à toa, hoje nenhum de nós seria capaz de dar tiro nem em parque infantil.

Raposo segue *Qualquer*, a pisar com cuidado sobre a relva encharcada de barro.

— Você acha que o que rouba Das Flores, enche o saco do Tiné, brinca de revolução é o mesmo que matou Rúbio?

— Com certeza.

— São duas personalidades diferentes: uma é direta, usa o revólver; sabe que a nuca é o melhor lugar para despachar alguém pro inferno. O outro é um brincalhão ou um pequeno covarde ou...

— Ou?

— Ou envelheceu, como todos nós, e o passado, para ele, é apenas uma recordação heróica.

A mão de *Qualquer* aponta para o alto.

—Veja lá em cima, como a lua está bonita.

Qualquer deseja que o homem passe à sua frente e repete:

— Gosto das noites claras, sem estrelas.

Raposo ergue o pescoço à procura da lua, que corre entre as nuvens. A lua será sua última visão antes de seu corpo tombar no mato.

O corpo, descoberto por Duro e por ele revirado, manchara o mato com respingos rubros; o cão tratou de lamber os miolos, depois começou a latir, até Tiné chocar-se com Raposo, com uma expressão assustada no rosto.

A autópsia revelara: a bala penetrara pela base do crânio e saíra pelo olho direito. Um tiro disparado de baixo para cima, logo a vítima estava em pé, provavelmente distraída, e foi atacada pelas costas – ponderou o delegado.

Diante do corpo, o delegado Marques dá dois passos na direção de Álvaro.

O reconhecimento é uma formalidade perversa. Era seu amigo, não é?

— Fico pensando: quantas vezes observei Raposo dormindo, roncando e nunca pensei nele assim, calmo, apesar de tudo.

— Morava com ele?

— Fomos amigos do tempo da São Francisco. Dividíamos um quarto na Casa do Estudante.

—Algum detalhe a mais? – insiste Marques, o delegado de voz macia, traços leves.

— Não que me lembre. Nada, doutor.

— O cachorro bagunçou todo o cenário do crime.

Combinaram um novo encontro, na verdade, imposto por Marques.

— Às oito da noite, depois do expediente.

* * *

No segundo encontro, o delegado Marques contempla as estantes de Álvaro. Está com um copo de vinho nas mãos.

— Já leu os contos policiais de Fernando Pessoa?

— Nem sabia que existiam — surpreende-se com a pergunta.

— É do nível dele: fora de série. Seus detetives estão atrás do que não surge, pois é a ausência de provas que leva o detetive ao criminoso. Sou afinado com os detetives dele: o Tio Porco, o chefe Guedes e o Dr. Quaresma.

— É bem de Pessoa. Mas por quem tem afinidade? Com o próprio, com Caeiro, com Reis, com Campos ou com o Pacheco?

— É, o senhor conhece bem o homem. Li que gostava de tomar sua bagaceira sentado sozinho num boteco.

— As afinidades são etílicas ou de gente solitária?

— Não me interrogue, doutor, senão irá descobrir meus segredos. O Sérgio, meu amigo, diz que o Pessoa tinha uma sexta alma: a de assassino, pois era ele o verdadeiro Jack, o Extirpador.

— Sérgio está na minha lista?

— Sim, ele estava conosco na noite do crime, declamando seus poemas. Gostei de saber que o senhor é leitor de Pessoa. Qualquer dia o convido para conhecer minha biblioteca — diz, ao levantar.

Ao cerrar a porta de entrada, sem se voltar, solta uma frase:

— É um homem solitário, como eu.

* * *

Álvaro havia procurado o bilhete de *Qualquer* onde deveria estar — estufado na boca, como ocorrera com Rúbio. Apenas empalidecera ao desdobrar o papel amassado e nada ver escrito. Esperava uma ameaça concreta, mas só havia desenhado aquilo, um círculo traçado com perfeição e um ponto negro no centro: seria um alvo ou um *axis mundi*?

Tiné retornara com uma lona de plástico.

— É um louco. A cada vez que mata um dos nossos, mais se descobre.

— Faz um jogo perigoso — concordou Álvaro.

— Sobram eu, você, Sérgio, Das Flores e Renga.

— Não posso nem pensar que um de nós seja o assassino. Isso me arrasa mais do que a morte.

— Desconfia de alguém? — perguntou Tiné, com hesitação.

— Lá no fundo da alma, mas não vou dizer nada. Você compreende, não é?

— Eu acho que você deve começar por aí. Eu já comecei a observar os movimentos de alguém.

– Nem quero saber.

– E nem vai, até o final da história. Não quero *Qualquer* morto. Quero matar ele.

Os sapatos de Raposo estavam barrados de lama preta, observara Tiné. Aquele barro só havia pelos lados do charco, perto da sua casa.

20
O CAIXÃO

lvaro cerrou o caixão, encaminhou-se para o gramado, de onde viu o carro fúnebre desaparecer atrás do arvoredo. Enrubesceu-se de vergonha: sentia-se aliviado, havia parado de parecer triste.

Enterramos Raposo. Palavras suaves de Beth, lembranças que não mais freqüentavam nossas saudades, a chuva fina a encurtar nossa comoção, uma viúva apressada, tudo remeteu Raposo para baixo da terra, sem choro nem vela, como no samba.

Sérgio, embriagado, me disse que havia encarado o rosto lívido de Raposo e assoprara no seu ouvido:

– Ninguém lembrará de você sem ver um despacho, um manifesto e um copo de bom vinho em suas mãos. Você sempre foi e será um burocrata, Raposo. Sua amizade estava escondida sob as rubricas dos processos, seu olhar, fora dos dossiês, ia para a garrafa mais próxima. Adeus, camarada. São Pedro o receberá com um carimbo "nada a declarar contra o requerente"; "aliás, vem muito bem recomendado pelo bispo de São Paulo, em retribuição a uma verba pública encaixada num fundo perdido de algum Ministério."

Ao retornar ao computador, no fim da tarde, tentou se livrar das imagens do velório, dos olhos cerrados do velho amigo, com um vinho bebido na solidão da sala, iluminada apenas pela tela do monitor.

Enquanto decorria a reunião na casa de Das Flores, pensei: se os anos haviam passado, pela década de 70, frios para alguns camaradas mortos, para nós, desta geração, o tempo havia se congelado e assim ia eu matutando, quando me veio a certeza de que iria acabar descobrindo a identidade do maldito *Qualquer*.

* * *

Anoto o diálogo com Raposo. Depois de sua morte, começo a gostar mais daquele corpo balofo, daquela mente ágil, um sobrevivente típico dos anos sessenta, pois, ainda que estivesse desprovido do sentido da glória, como alguns homens estão desprovidos do sentido do olfato, Raposo seria incapaz de trair. Confesso que uma nuvem de desconfiança me passou pela mente, quando em um certo momento recordei sua hesitação ideológica. Mas lembrei que Raposo era um homem com medo físico incontrolável. *Qualquer* desafia a vida, ama o perigo.

– Raposo, você está quieto.

Na sala, a beber o resto de vinho, Raposo estatelou-se na poltrona. Olhava a noite.

– O que você acha disso tudo?

– Vingança só se resolve com sangue. O nosso já foi derramado. Vencemos e pronto. Vamos deixar a fonte de *Qualquer* secar. Deve estar velho, cansado, só faz isso por dever de ofício. Se a Revolução Espanhola tem algum exemplo a dar a nós é que seu exemplo deve ser evitado a qualquer custo.

– E Iliana?

– Álvaro, não saberia te dizer nada mais do que aquilo que te contei a respeito da morte dela. Quando encontrei Iliana ela tinha muita serenidade no rosto. Sempre me pareceu um acidente. Hoje não sei. Acho que poderia ser um acidente, não sei.

– Quero apanhar *Qualquer*.

Estava com muita raiva..

– E ouvir a verdade?

– Não posso morrer sem a resposta.

– Vingança dupla, companheiro?

– A minha é dupla, a de *Qualquer* não sei.

– Matamos muita gente.

– Quero *Qualquer*. Ele é meu. Os outros que tenham a sua paga.

– Matamos muita gente.

– Cada um resolve por si.

– Matamos muita gente, mas acho que valeu. O mundo ficou melhor, mais limpo, se é que me entende – sorriu, tristemente.

– Bem mais limpo, mas ainda falta muita faxina.

21
PAIXÃO

rritado, Rodolfo tenta acordar as garotas.

— Acordem, porra!

Rodolfo empurra Kiss para fora da cama.

— Sua bicha velha, quem você pensa que é para fazer isso?

— E a nossa grana? — sussurra Cássia, do canto escuro do quarto.

— A megera disse que sai hoje — espreguiça-se Kiss.

— Mentira. O contador só vai aparecer na segunda-feira. Eu levo o cachê para vocês. E tem mais, a polícia quer ouvir todo mundo.

— Agora a polícia. Será que vão revistar a nossa mala? Tenho umas baganas guardadas.

— Rodolfo, afinal, quem é que anda matando por aí? Que coisa mais fora de moda, se for o que eu ouvi dizer.

— E o que foi que você ouviu?

— Brigas de velhos comunas, sei lá.

— Cala a boca, idiota, senão a coisa enrola para nosso lado. Não abra o bico com o delegado. Não viu nada, nem ouviu nada — comanda Kiss.

— O que Boris te disse?

— Essa putinha acabou indo para a casa do Boris. Garanto que fez uma suruba com o pai e o filho.

— Fui ver o site dele na Internet. É tão criativo o Boris.

— Site? Mudou de nome agora. Caralho virou site e criação, ereção.

— Não acho graça nenhuma, vocês estão brincando perto de uma bomba que pode explodir já, não sei como me meti com vocês duas, duas malucas.

Cássia levanta o corpo e retira um chumaço que está amarfanhado debaixo de si, arruma como pode a peruca a estira para o velho.

— Sabe quem pode te dar um emprego?

— Quem? – pergunta com um falso desinteresse.

—Você não vai ficar puto comigo, vai?

— Nunca. Você, apesar de louca, é minha amiga.

— Promete?

— Cássia, se for o que eu estou pensando, cala a boca. Rodolfo não precisa disso.

— Preciso comer, dormir, gente, não morri ainda, infelizmente.

—Vira a boca para lá. Bom, Rodolfo, o Paixão está atrás de um bom profissional como você.

— Paixão?

— O empresário do teatro da Aurora.

— A Aurora não tem teatro.

—Tem sim, o "Sexo Explícito".

Rodolfo esboça um sorriso triste.

— Não te falei, sua burra!

— Kiss, eu aceitei e pronto.

— Será que entendi direito? Aceitou o quê, sua louca?

— O convite do Paixão. Vou contracenar com o Neyzinho. Vou de máscara para ninguém me reconhecer e, como Neyzinho é gay, não me comprometo.

— É uma bicha sem vergonha, um poço de aids. Quer morrer?

— Ele fez um teste a semana passada e tudo bem.

— E quem policia o cu dele? Você?

— Não haverá penetração. Apenas roça-roça. É por isso que o Paixão precisa de um diretor para criar um clima erótico; e na conversa pintou o nome de Rodolfo.

Ele balança a cabeça algumas vezes, hesitante, antes de falar:

— Diga a ele que aceito.

— Que bom, Rodolfo, vamos trabalhar juntos.

—Aceito como desafio – explica-se.

— Não te disse, Kiss, o velho é do caralho. Vamos levar o teatro à loucura.

— Santo Deus, que merda estamos – ri Kiss.

22
DAS FLORES COMENTA

22

DAS FLORES
COMETA

Álvaro, no dia 12 de julho, às sete horas da manhã, Das Flores veio até minha casa e bateu à minha janela. Eles tinham acabado de se mudar para a casa na praça Buenos Aires, lembra? Ele chegou para mim e disse:

– Bom, é difícil se acostumar com um apartamento. O Boris indo e voltando de madrugada dos bares e a Beth, trancada no escritório, preparando relatórios para a financeira... Então resolvi andar pelo Ibirapuera, encontrar gente, falar sobre política, você sabe, jogar tempo fora, Sérgio.

Ele calou-se, esperando minha reação. Antes que esqueça: Das Flores veio com um caderno envelhecido pelo tempo, que colocou sobre a minha mesa. E vou transcrever o que conversamos, assim você pode analisar melhor as coisas.

– Esse caderno estava entre as coisas de Raposo. A mãe de Rúbio havia lhe dado há muitos anos; são pensamentos, recordações...

– Há alguma pista sobre o assassino?

– Nada, apenas pensamentos, uns políticos, outros amorosos, deixa para lá.

– E você veio aqui só para isso? – retruquei.

– Você sabe muito bem por que eu vim.

– Não, não sei, não tenho a menor idéia.

– Você apanhou, por acaso, um segundo caderno do apartamento? A mãe do Rúbio disse que ele tinha dois diários.

– O que você está querendo dizer?

— A Beth quer uma explicação. Ela é a responsável pela nossa averiguação. Foi decidido em reunião, você votou a favor.

— Vocês estão longe do Mutirão há mais de três meses e só agora me aparece para me tratar como vilão?

— Vou ler, se você acha tão sem importância. Ele tem um estilo parecido com o teu, diria até que ele parafraseou teus poemas, se fosse vivo.

E seus olhos vibravam. Pude entender que ele estava me tratando como um ladrão de idéias alheias.

Somos como surdos a rir de uma piada que ninguém contou.# Como descobrir para onde o rio correrá se tememos seu rumo e suas águas? Temos que mergulhar no torrencial Povo, nadar em suas almas, beber no seu pensamento, mas nunca afundar em seu profundo leito quase sempre melancólico. # Só aquele que conhece o presente sabe verdadeiramente o que é o inferno.# Camus:" Para os ricos, o céu é o lucro esperado; para os pobres, a graça infinita."

— Que tal, forte?
— Tudo o que vem dos nossos mortos é forte.

Ele sorriu enigmático, sumiu pela porta, entrou em seu carro e foi embora. Álvaro, o que você me diz? Bem que você falou que o Das Flores era de lua. Pois assim aconteceu: no dia 24, às quatro horas da tarde, encontrei-o sentado na minha sala.

— Saúdo a nossa amizade, que supera nossos defeitos.

Das Flores estava bêbado. Reconheceu que havia duvidado de mim, por uma espécie de fraqueza e medo de ser a próxima vítima, mas que havia mudado sua opinião.

Apesar de tudo não levei Das Flores a mal: dei a ele mais vinho, não sabia então que ele iria me confessar. Das Flores começar a chorar; só percebi pelas lágrimas que caíam no chão.

— Agora somos a classe dominante. Sem querer fomos nos tornando os maiorais... Sabe o que acho? Dê uma chance para as pessoas se transformarem em porcos e elas lhe agradecerão: obrigado gente, somos porcos, grandes, pesados e comemos a merda que nos dão no fim do mês. Estou fodido; perdi até aquela felicidade que é o sofrimento político.

Álvaro, de repente me veio a luz: aquele homem me enganava. (Sabe-se lá se instruído pela Beth, mas ele mentia debaixo das lágrimas!) Levei horas para engolir essa verdade. Nos encontramos na mesma trincheira, demos alguns tiros na mata, treinando para o nada, e fomos embora, sem sentir nem mesmo a camaradagem de quem arrisca a vida junto. O que ele queria de mim? Que merda, Álvaro, espero que entre nós haja uma lágrima verdadeira.

    Sérgio.

23
CASO DE ROTINA

Diante do Álvaro, o delegado Marques discorria sobre os dois crimes, divagava sobre a analogia da *causa mortis*.

— Os dois estavam com as mãos cruzadas sobre o peito, como se uma piedade tardia do assassino viesse aliviar sua culpa — filosofa o delegado Marques, ao andar pela sala. — Veja como os dedos como enlaçados com naturalidade; foram ajustados logo depois da morte, com paciência. Talvez o assassino seja católico, talvez reproduza a morte de quem motivou a vingança.

— Talvez seja apenas uma coincidência, doutor — diz Álvaro.
— Você supõe ou está certo?
— Tenho certeza, agora vejo que é uma simples coincidência.
— É pena.
— Como assim?
— Da minha parte irei congelar a investigação. Assaltantes nesta cidade nascem como mato, não posso gastar meu tempo num caso de rotina.
— Mas é sua função, doutor, prender assassinos — assombra-se com o delegado.
— Então vamos repassar o caso. Sua mulher não foi assassinada, segundo o inquérito já arquivado; Raposo é vítima de um latrocínio, segundo os ralos indícios; você me chama para tomar o seu vinho, me dá duas fotografias para que eu examine e vem me dizer que a morte de um nada tem com a do outro? Pense: além de serem ligados a você, os dois morreram aqui, a menos de um quilômetro desta sala.
— Certo, mas há anos entre uma morte e outra.

— Você está certo, é uma mania profissional, desculpe. Há um detalhe na investigação que poderá esclarecer muita coisa, mas, como você tem certeza de que não há nada que ligue as duas mortes, fico com minhas especulações e com seu vinho.

— Que detalhe é esse? Me diga, por favor.

— Está certo. Quem cavou o buraco?

— Como assim? — espanta-se Álvaro.

— Alguém enterrou alguém. Alguém se vinga, matando uma mulher, mas uma morte não o satisfaz. Você sabia que os assassinos em série param no segundo crime, dão um respiro de pavor, mas, ao perceberem que o assassinato não lhe tira mais o sono, voltam a matar? Bom, esse assassino não parou no segundo crime. Que estranho, não?

— O assassino não vai parar de matar, então?

— Por algum tempo. Isso vai nos dar uma certa dianteira, mas com criminosos temos que correr muito para ficar no mesmo lugar.

— Chamamos ele de *Qualquer* — confessa Álvaro.

— *Qualquer*...

24
LA CORUÑA

24
LA CORUÑA

Gaudêncio andava pela ruela, transcorria pelos postes de luz e a cada um que vencia, trombava com suas sombras. Ascendeu ao lance mais alto da colina: encarava Coruña, a cidade então adormecia, havia se agitado pelas notícias, Gaudêncio circulara pelos lugares onde Quiroga poderia estar, mas como se camuflar dos mil olhos do SIM? Também ele, um comuna de carteira, se remoía de medo, um temor que ardia-lhe na alma. Não confidenciara nem para a mulher que estava a apadrinhar um anarquista, os olhos seus viam na sombra uma carabina.

- Seria melhor você fazer mais amizades com o grupo de Pestana – Trinidad abaixou os olhos a esconder uma percepção maliciosa, nem bem Gaudêncio desaguou em casa -, eles estão mandando, até no pão que distribuem, marido, com muita sabedoria: os que têm mais filhos levam mais pão, são gente muito educada e por falar em educação, hoje Luisiño descerrou a porta para mim lá na padaria, era cedo mas ele foi gentil, mandou abraços para você, disse que qualquer dia virá nos visitar e me perguntou – Gaudêncio não se importaria que eu levasse o vinho e um pernil, Luisiño tem amigos influentes, é pura verdade, vi gente que era graúda tirar o chapéu para Luisiño. Até parece que Luisiño remoçou uns dez anos.

- Cago no seu vinho e no seu pernil.
- Mas que coisa feia homem, ele foi gentil, só isso.
- Agora cago na gentileza dele, não quero aqui. Já pegou gonorréia com as putanas.

– Dizem que as mulheres é que dão em cima dele. Contam cada coisa – enfatiza, com malícia.
– O que mentem?
– Tenho vergonha de falar.
– Vergonha do seu marido, vamos lá o que ele tem de diferente dos outros homens?
– "Aquilo" grande – falava com enorme prazer.
– Mas que bobagem, fui colega dele na escola, é um homem normal, nada de grande, é do tamanho de qualquer um.
– Não é o que contam – argumenta.
– Alguma amiga sua viu?
– Ora, Gaudêncio, sou uma mulher séria. Apenas escuto.
– E passa para frente. De mim, o que você fala?
Que você é amoroso, e é normal.
– Normal? O que é ser normal?
– É normal, nada anormal.

Gaudêncio volta as costas para a mulher mas, como, caralho, procurar um amigo sem se arriscar, como perguntar: qualquer um poderá ser um filha de uma puta de dedo duro? Havia convencido a mulher de Quiroga a cruzar a fronteira de Portugal, iria atrás de um parente, jurou, a segurar o frágil corpo da mulher que chorava com o bebê no colo, que peregrinaria atrás de Quiroga, mas o medo havia congelado seus passos; e se comprasse a informação – prata todos saboreiam –, falo de gente normal que pretende apenas viver. Era comunista mas todos sabiam que Quiroga era seu primo e sangue é sangue na Galícia.

* * *

O Homem olhou para ele, bem dentro dos seus olhos, marcharam alguns passos pela areia, Coruña esquentava mais em maio, por fim, pronunciou-se:
– A Cruz Vermelha, eu faço parte da Cruz Vermelha, você deve saber Gaudêncio, mas Gaudêncio, precisamos de dinheiro, comprar ataduras, esparadrapos, sabe amigo, dizem que todas as coisas do mundo estão ligadas uma com a outra e recebem virtudes umas das outras, as mais vis das mais virtuosas.

Gaudêncio, que se tardara, a olhar a paisagem, o sol a bruxulear nas águas do mar, desentorpece:
– Hombre, onde ele está agora? Morto? Falam que fugiu, falam que encontraram seu corpo no Mediterrâneo, me diga, aceito qualquer verdade, verdade hombre, diga, pela Cruz Vermelha que hoje me leva anos e anos de economia.
– Morto, com certeza.

- Por quem?- abala-se em ouvir a frase.
- O que você acha? – Homem pergunta, inquieto pela reação de Gaudêncio.
- Renegados que se dizem comunistas – falou mansamente, mais para contemporizar, os olhos do outro vigiavam os seus como um lobo, a ovelha.
- Não eram renegados, são soldados do dever, do proletariado, cumpriram ordens, você entende, ordens são ordens, marxista é marxista..
- É isso, ordens precisam ser cumpridas e marxistas são marxistas e não discutem ordens de camaradas, por isso somos fortes: mas por que o mataram, e se ele era um bom homem? Veja – não ponho em discussão as ordens, ordens devem ser cumpridas, mas e se ele fosse um trabalhador, honesto?
- Então fique calmo, ele irá para o Céu – solta um suspiro falso.
- Me diga ao menos quem eram esses soldados valorosos – insinuou, com cautela.
- Atandell, um deles.
- O vizinho de Quiroga? – espanta-se.
- Pois é, toma conta agora daquelas terras, se você passar pela frente da casa, irá ver o nosso Atendell no peitoril, acocorando-se como dono, o dono é o povo da Galícia.

Gaudêncio, ele envolve toda a cidade num olhar demorado e triste e o Homem olha-o com o canto de seus olhos brancos, lembra-se do dinheiro, estira a mão em sua direção.

- Eis minha contribuição para a Cruz Vermelha.

Homem agarra o saco volumoso, enfia a mão para dentro, fica estático, apenas seu dedilhar no papel mistura-se com o som das ondas.

- Tenho muita prática em contar dinheiro.
- Deve ser difícil – ironiza, não sem temor.
- Levaram ele para Barcelona, para aqueles interrogatórios, sabe – insiste a pesar a reação de Gaudêncio – o "Passeo" sabe?
- Não gosto nada dos interrogatórios no "Passeo".
- Mas às vezes a situação exige.
- É a pura verdade, as vezes é necessário, mas e daí, o que mais aconteceu com Quiroga? – sonda, ansioso.
- Não abriu o bico, se é o que você quer saber? – Homem sorri com ironia.
- Talvez pouco ou nada soubesse, mas agora o que adianta, não teve sorte, sorte é tudo na vida e na morte, morte às vezes pode ser dolorosa e difícil de chegar – toma coragem – por acaso foi uma morte rápida?
- Você não foi citado, isso é bom para você.- Homem vira o rosto para a cidade que esmaece ao longe.
- Nada tenho com os anarquistas, sou amigo da mulher de Quiroga, meio aparentado, e sou marxista e stalinista.

– Vamos embora? termina Homem, a sacudir o pacote no ar, como um troféu.
- Posso lhe fazer uma última pergunta?
- Deve.
- Ele se acovardou, chorou, implorou pela vida?
- Saltou no mar como se fosse uma piscina e afundou, pudera estava com as mãos amarradas. Em Sitges o mar é revolto.

Sentiu inveja da coragem de Quiroga, um dia haveria de contar aos seus descendentes sobre o amigo, velho amigo que deixou para trás este imundo mundo velho.

Retornou para casa, sentou-se à mesa e serviu-se de vinho: estava aliviado e puxou o filho para o colo, falava com a mulher, o menino ouvia como se um deus houvesse baixado dos céus, gostava do pai, tinha orgulho de sua estrela vermelha na lapela.

- Quiroga morreu, uma grande vergonha para a sua família, mas sangue é sangue. Gostaria de saber onde está sua mulher e o bebê.

25
A INTUIÇÃO

25

A INTUIÇÃO

– Me chamo Boris há dezenove anos, mas ninguém me chama de Boris como você. – diz o rapaz com um sorriso.
– Você é louco! Se a Kiss te achar aqui vai rodar a baiana – diz apressada, ao se vestir atrás de um biombo.
– Vamos jantar?
– Primeiro tenho que ir ao teatro fazer meu número, depois vamos ver se a Kiss não aparece. Você tem fumo?
– Rodolfo está bem? – desconversa.
– Está um lixo; tem vergonha de pôr a cara para fora do teatro.
– Posso ajudar Rodolfo.
– Seu pai bem que podia pedir para o Álvaro chamar ele de volta, porra.
– A morte do Raposo abalou todo mundo.
– Diga para o seu pai que Rodolfo tem um suspeito. Não faça essa cara; o tcheco é um filha de uma puta de esperto. Uma noite me disse que achava que sabia quem é *Qualquer*. Perguntei se era um palpite e ele falou que era uma intuição. Do jeito que ele falou pareceu sério, acho que é mais do que um chute. Tentei descobrir de quem ele suspeitava, mas ele não abriu a boca. Depois mudou de assunto.
– Será que não é uma jogada para interessar Álvaro?
– Não sei, você decide.

★ ★ ★

Logo depois, Rodolfo passa por Boris, distraído.
— Mestre! — chama o rapaz.
Rodolfo sobressalta-se.
— Mataram mais um?
— Que é isso, tá doido? Todo mundo está bem. Renga, Tiné, Ernesto, Sérgio...
— E o Álvaro?
— Firme como o Casarão.
— Ainda bem, eu só voltaria para lá em último caso.
— Nem com um convite especial de Álvaro?
— Gosto dele, tem caráter; se ele me chamar, talvez...
— Posso falar com ele?
Rodolfo então pergunta a Cássia:
— O que você acha, Cássia?
Ela fica séria, abaixa a cabeça.
— Sei lá, aqui é um lixo, mas lá poderá ser um cemitério.
— Não para mim, sou neutro, reacionário. Lá só morre comuna.
Cássia guia Boris pelo corredor e solta-o numa ruela que defronta o portão dos fundos do teatro.
— Me espera no bar da esquina, em meia hora estou livre — arrebata o rosto de Boris e lhe suga os lábios.

***

— Vai uma? — pergunta o garçom.
— Não bebo — responde Boris sem convicção.
Durante toda a manhã ele esperara a hora de se enfiar naquele apartamento. Ao espreitar a esquina, vê Cássia se aproximar.
— Quer dizer que a bicha apenas roça em você e a platéia é enganada?
— Gostam de ser enganados, mas gostam mais de ver pele se esfregando com suor. Vamos?
— O hotel é perto? — pergunta Boris.
— Não, mas vamos a pé.
— Meu pai foi para Brasília e minha mãe para o Uruguai. Estou livre dos dois, o apartamento é só pra nós dois.
— O que tem lá para comer? Estou com fome.
— Legumes e verduras. Minha mãe é vegetariana.
— Legal. Ela aprendeu com quem, com sua avó?
— Acho que sim; não conheci minha avó.

– Talvez fosse bom ficar por aí, sem trepadas. Vamos sentar na escadaria do Bexiga?

Na velha escadaria a mão de Cássia enfia-se pela camisa de Boris; a outra lhe abre a braguilha. Depois de escorregar o corpo para o degrau inferior, ela pende a cabeça e sua garganta prende o pênis: seus lábios soltam-no e retornam a acolhê-lo. Circula a língua pela glande, de tal modo revolta e insiste que engole o esperma.

– Fazia tempo – comenta, a limpar o pênis com seu lenço.

– Tempo?

– Chupar um homem. Engolir porra é bom para a pele da mulher – divaga Cássia. – Vamos embora senão Kiss desconfia; já vai ser um problema esconder o cheiro de porra.

Boris se espanta com a sua ingenuidade. "Imagine eu salvar uma lésbica!"

26
RETORNO À ESPANHA

Álvaro retoma seu relato:

Recebi uma correspondência de Montoso, antigo militante comunista foragido de Franco, que encontrei em São Paulo, lá pelo final dos anos 50. Montoso tinha uma mania: quando contestado, argumentava "ah que plantear la question". A morte do pai e, logo depois, a de Franco, fez Montoso retornar à Espanha, agora mais velho, imagino, com menos sonhos e sonos. Não sei como a notícia correu até a Galícia, mas o fato é que Montoso me escreveu uma carta lamentando a morte do nosso camarada, que um dia o havia ajudado com dinheiro; e punha-se à disposição para ajudar a descobrir a identidade de *Qualquer*.
Falava com o outro comunista:
- Em Sitges morreram muitos galegos – Montoso ajeita-se na cadeira
- Muitos, eu sei.
- Eram espiões.
- Eram má gente, mas houve erros. Eu sei bem, em toda a guerra há mais erros do que acertos.
- Erramos muito, menos contra a raia anarquista, uns filhos da puta de quintas-colunas, cada dia acredito mais.
- A Quinta Internacional, que loucura foi a Quinta Internacional, a revolução permanente.
- A gente fala de anarquistas, não de trotskistas.
- São todos braços de Wall Street.

- Morreram anarquistas galegos, eu mesmo vi, com meus olhos em Sitges. Na hora eu ficava indiferente mas, depois, à noite, os gritos deles entravam pelos meus ouvidos como assobio de tempestade. Aquelas águas receberam muitos corpos.

- Conheceu um galego de nome Quiroga?
- Não me lembro. Morreram muitos, mas sei quem tinha os nomes anotados.
- Que louco, anotar nomes.
- Esse era do SIM.
- Gente brava essa do SIM.
- Trabalha hoje no cais, hoje é pacato, hoje carrega uma barriga de padre e outro nome, gente esperta essa do SIM.
- Foram mais espertos não lutando em Andaluzia.

Esperou por uns dois dias e logo um telefonema de Vasques, agendou um encontro. Havia até olvidado Quiroga, mas seu fantasma pairou no rosto rechonchudo de um senhor, de barriga pontiaguda como um padre e apresentado pelo catalão, com um nome falso.

- Esse é Fernando.
- Sou Montoso.
- Ele está atrás do paradeiro de um tal de Quiroga.
- Montoso, es um galego.
- Não, lá vivi muitos anos, saí de Portugal para ir à guerra. E de Quiroga, o que me conta, se pode ser contado?
- Os mortos não falam mas deixam no mar mensagens boiando em garrafas.
- Mensagens são palavras, apenas.
- Trazem muito perigo, as palavras.
- É verdade.

Fernando aquietou-se, olhando a paisagem de La Boqueria, para perguntar:
- Viaja para o Brasil, quando?
- No momento mais apropriado.
- Entendo. Bem, Quiroga era anarquista, você deve saber se está atrás do paradeiro da família desse filho da puta. Ele teve que ser punido, pois era homem que levava e que trazia. Escondeu que era filho de Lopes. Um traidor, se me entendes.
- O pai foi um dos primeiros anarquistas lá na terra.
- Até Atandell dar um jeito nele.
- Morreu Atandell. Bom camarada.
- Morreu de morte natural?
- Montoso, quem de nós morre na cama, cercado de mulher e netos? Morreu com a garganta cortada.
- Pois é, Quiroga deixou família em Corunha. Sua mulher, com um bebê nas costas andou procurando pelo corpo, mas Quiroga virou comida de peixe.

–Talvez ela tenha comido a melhor parte dele sem saber.

Os homens riem maliciosamente. Mais tarde, Montoso confirmara que a mulher de Quiroga havia zanzado em Barcelona, atrás de outros anarquistas para, depois, desaparecer do mapa, sem rastro e notícia até para seus parentes na Galícia.

27

RUAS PARADAS

Renga viu que a luz da janela de Álvaro estava apagada. Hesitou; acabou por retornar à sua casa – gostava de andar à noite pelas alamedas.

Ao entrar em casa, viu Ernesto sentado no chão.

– Nossa, que cara. Vamos comer, a empregada deixou peixe.

– Vou sair de casa, mudar. Mas vou me virar sozinho, não tenho saco de agüentar Cristiane e seu novo namorado.

– A vida de sua mãe não pode ser pretexto para nada. Quando? – O pai lhe pergunta.

– Não sei, preciso trabalhar. Você pode me apresentar para algum de seus amigos milionários?

– Posso, mas não acho legal começar assim.

– Todos começam pelo início seja lá o que for.

– Quem começa mal acaba mal.

Renga vai até a cozinha. Ernesto vai atrás e lhe pergunta:

– Você também deveria mudar. Não digo fugir, mas ficar mais longe de *Qualquer.*

– Jamais. Não tenho medo de *Qualquer* e ele sabe disso.

– Mais uma razão.

– Você quer morar em um dos meus apartamentos?

– Quero trabalhar, só isso. Me dê uma carta de apresentação, eu dito. "Caro amigo, estou lhe recomendando meu filho, Ernesto Carreira. Durante algum tempo, três meses, se assim lhe for conveniente, Ernesto trabalhará sem remuneração, pois adquirirá experiência profissional. Depois deste tempo, solicitará seu afastamento, sem nenhuma exigência legal. É um favor pessoal que você me faz. Do seu amigo Renga." Que tal?

– Uma merda. Quem se vende de graça é jogado fora.

– Mas é aí que está o truque marxista: o uso da *plus valia*. O patrão ficará me observando, avaliando meu trabalho e como consigo fazer o serviço de dois de seus empregados e comer por um e, depois de três meses, sem salário, vou chegar pra ele e dizer que vou me mandar, tudo conforme o combinado. Ele vai me perguntar se eu não quero ficar mais um tempinho, aí eu agradeço a oportunidade e digo que preciso viajar, conhecer o mundo; então ele vai me fazer uma proposta de emprego, agora assalariado, pagando metade do que pagaria a um dos seus empregados mais velhos, que irá para a rua. Que tal?

– É inteligente, confesso.

– E então, vai me dar a carta?

Renga sorri.

– Você está pensando em enganar o cara da fábrica de roupas? – interrompe Ernesto.

– O sujeito é um grande patife; ele é um bom começo.

* * *

Em sua casa, enquanto aguarda a vinda do Marques, Sérgio retira do baú o caderno de Rúbio: queria encontrar, nas entrelinhas, uma pista de *Qualquer*.

A campainha da casa toca e Sérgio levanta-se para atender.

– Entre, doutor.

– Só Marques, por favor.

– Uísque?

– Pode ser.

Marques gira os olhos, mede o apartamento, ergue-se para olhar os títulos dos livros na estante.

Sérgio dirige-se a Marques e lhe entrega o diário:

– É de Rúbio. Apanhei no chão, junto ao corpo.

– Outro que morreu? – espanta-se

– Como assim, não sabia nada sobre o Rúbio?

– Pensava que teria mais tempo, mas o fatídico número três já aconteceu. Quando foi?

Sérgio sorri com tristeza.

– Em 64 a morte foi registrada como um latrocínio – confessa – em sessenta e quatro havia uma dimensão maior que deveria ser oculta.

– Até essa data?

– Até esse momento. Mas posso antecipar: ele foi assassinado. Eu que encontrei o corpo.

– Tinha os braços cruzados sobre o peito, como que ajeitados por uma alma piedosa?

– Como você sabe? – ele encara Marques, com espanto.

– O corpo ainda estava quente?

– Estava – confirma.

Marques folheia o diário e, antes que exprima alguma opinião, Sérgio o interrompe.

– Me inspirei nele, reescrevi trechos, alguns amigos presumem um simples plágio.

– Depois de Eliot não há mais cópias, há releituras.

– Acho que copiei.

– Mas não estamos comentando sua poesia. E daí?

– É por isso que lhe chamei. Li e reli o diário e não descobri nenhuma pista. Quem sabe outros olhos vejam o óbvio?

Marques segura o caderno de capa dura, deposita-o num envelope que trazia sempre debaixo do braço e levanta-se, agitado.

– Pode deixar que eu vou ler. Ah, e não diga a ninguém que me deu o diário.

Antes de partir, ainda na soleira da porta, Marques o adverte:

– Mantenha a porta bem trancada. Vou mandar uma viatura fazer uma ronda.

28
BOAS NOTÍCIAS

—Você tinha que quebrar a vidraça?

— Claro, né? Ladrões não abrem a porta com a chave! Será que tem grana escondida? — Cássia ri, iluminada pelo foco da lanterna de Kiss.

— O Boris me garantiu que tem. Mas que cara mais louco; nunca me passou pela cabeça assaltar a minha própria casa!

—Não é assalto; é apenas uma herança que ele apanha antes do tempo, só isso — argumenta Cássia.

Kiss acende um abajur e abre uma das gavetas de uma cômoda.

— Acho que é esta a gaveta. Olha, o fundo é falso mesmo, ele não chutou.

Cássia olha para a destreza de Kiss em destravar e do fundo da gaveta surgem os dólares, em pequenos pacotes amarrados por cordões elásticos.

— Nossa, quanta grana! Acha que trabalham para o governo federal?

— É grana da mãe, que é a manda-chuva da casa. Tá com jeito de grana de caixa dois — conclui Cássia.

— Pegamos seis pacotes.

— O Boris falou para a gente pegar três.

— Seis, poxa, ainda sobra muito.

— Quatro pacotes e chega.

—Vamos brigar em Buenos Aires, nos camarins do *Colon*, ouvindo *Butterfly*.

—Vamos embora, Kiss.

A outra dá uma batida com a palma da mão no armário embutido que cobre uma das paredes e encosta o ouvido na madeira.

— É oco. Aqui tem mais maracutaia.

— Kiss, chega. Vamos nessa.

Fora da casa, as duas encontram-se com Boris, que sorri.

— Ia aumentar o pedido para seis pacotes, mas quatro está de bom tamanho. É herança do meu avô. Epa, não me olhem assim.

— O que tem atrás do armário? – pergunta Kiss.

— Sei lá eu! Que armário?

— O do quarto da tua mãe.

— Não sei. Como você sabe que lá tem alguma coisa?

— Descobriu pelo som. Ela é danada – debocha Cássia.

— Lá tem um canto oco.

— Não sei de nada. Ali não ponho a mão, é a tralha dos dois. Coisas do passado.

Boris dá quinhentos dólares para cada uma e guarda o restante no bolso da calça.

— É o começo de uma grande parceria – propõe Kiss.

— Que se encerra neste exato momento, não tem mais nada para desapropriar – diz Boris, ríspido.

— E o que tem no armário?

— Papel velho não dá lucro – declara.

— Vamos ao menos comemorar, Kiss.

— Já sei! Vamos fazer uma suruba. Porra, nunca roubamos nada, nunca fizemos uma suruba e me deu vontade de experimentar.

— Depende dele – Cássia dirige-se a Boris, que está na alto da escadaria.

— Depende o quê?

— Vamos fazer uma suruba. Tem medo de brochar?

— Tem coisas piores do que brochar, mas não me lembro de outra.

— Vamos tentar, se não der certo, ficaremos amigos assim mesmo.

— Amigos de cama – debocha Boris.

* * *

Boris havia decidido, logo após o assalto, que sairia de casa. Imaginara a reação de seus pais.

— Ao menos tem lugar para ficar? – Beth perguntaria.

— Miguel, meu amigo, me convidou para ficar com ele.

— O tal ator punk? – perguntaria Das Flores.

— Ele mesmo.

— Imagino que você não precise do nosso dinheiro. A propósito, quanto custou essa tatuagem? – indagaria Das Flores.

– Não muito.

– Você só nos verá daqui a uns três meses. Vamos para a Sicília. Não precisa de um empréstimo?

– Não, mãe, obrigado.

– Se você puder, dê uma olhada no apartamento. Os ladrões sempre voltam ao lugar do crime.

– Pode deixar, mãe.

Boris então se agacharia para beijar Beth no rosto e abraçaria o pai, com um sentimento de culpa.

29
SENHOR BORIS E SENHOR ERNESTO

SP 19/01

Ao
Senhor Boris,
Recebi teu e-mail com satisfação pela retratação de seus insensatos atos, cessando, de vez, seus e-mails ofensivos a minha pessoa, mas, principalmente a essa prestigiosa e tradicional empresa – Galfat – Indústria e Comércio de Tecido Ltda. Por aqui interrompemos todo tipo de comunicação. Apenas um adendo: para alguém sem princípios, o senhor é uma pessoa bem estranha.

Sr. Ernesto

SP 18/01

Tudo bem, Sr. Ernesto. Desculpe a confusão. Realmente o meu Ernesto não é o Ernesto da Tecelagem Galfat e, pelo tom de seus e-mails, o senhor parece ser um funcionário sério dentro de uma empresa séria, com um slogan criativo, tipo DPZ: "Roupa tecida com Galfat é para toda a vida".
Confio nas palavras escritas, Senhor Ernesto, e se me permite a liberdade, gosto de escrever minhas idéias, pois sou um jovem solitário. Freqüento todas as salas de

bate-papo de todos os sites. Um dia desse entrei na sala virtual de um gay norte-americano, um rapaz fortíssimo, que se exibia e fazia questão de (que coisa mais sem graça!) se mostrar em imagens animadas em Java todos os detalhes técnicos (tais como o tamanho e grossura) de seu órgão reprodutor, mas que ele considerava seu pênis (desculpe a palavra imoral) um instrumento de seus prazeres mais indecentes... Mas não, não entrarei em maiores considerações com o senhor, pois minha mensagem certamente está sendo lida por moças e talvez pelo próprio senhor Galfat. Enfim, fica minha promessa de cessar definitivamente nosso bate-papo.

PS. Se o Senhor Galfat desejar o endereço do referido site, posso lhe enviar, com ressalvas, claro.

Teu Boris

São Paulo, 17/01

Ao
Senhor Boris das Flores Roman
Comunico-lhe que estou dando parte de sua atitude ao Departamento Jurídico para as providências legais.

Ernesto Stein

15/01/
Oi, filho da mãe (veja que o puta desapareceu, em honra ao padrão moral dessa empresa de merda)

Cara, o tio Rodolfo quer falar com você. E a Kiss me reclama da tua violência: até hoje não pode se sentar, depois do que você fez com ela durante a suruba. Em plena função você dá a bronca na sapatona sobre o valor do Marquês de Sade. Venha rápido, pois o velho bicha anda aflito com esse encontro, sabe-se lá por quê. Ei cara, que companheirismo é esse dos seus colegas que mostram nossa correspondência aos chefões. São uns tremendos puxa-sacos e vão morrer em cima da escrivaninha deixando uma pensão de 180 paus para os filhos. Porra! Todo o mundo conhece a merda do tecido dos Galfats. Dizem que só serve para fazer coador de café. Pergunte aos coreanos da rua Oriente.

Do amigo compreensivo
Boris

São Paulo, 15 de janeiro de 2001
Ao Senhor Boris

Desculpe-me, senhor, mas deve estar equivocado quanto ao remetente. Sua linguagem chula chegou-nos pela Internet deixando a todos perplexos, pois aqui no escritório de contabilidade da Tecelagem Galfat, onde sou funcionário, ainda em tempo de experiência, teu e-mail acabou sendo lido por todos, inclusive por senhoras casadas e moças solteiras e corretas. Como o senhor teve acesso ao meu e-mail? Não o conheço, nunca o conheci e jamais teria prazer em conversar com pessoa tão chula. Por favor, procure a pessoa certa. Chamo-me Ernesto Stein, mas certamente eu e seu amigo, felizmente, nada temos em comum, senão o nome. Esse tipo de correspondência me causou um tremendo embaraço com a chefia, cujo respeito e consideração me é importante. Quanto às suas referências à firma Galfat, quero afirmar que todos na praça e do ramo de tecidos reconhecem os 37 anos de bons serviços e bons produtos: trata-se de uma confecção de padrão internacional e que produz um tecido exportado para Paris e Londres. Estamos agora conquistando o mercado russo e búlgaro. Depois Nova York. Nosso slogan é: "Roupa tecida com Galfat é para toda a vida".
Por favor, não insista mais, senão serei obrigado a tomar medidas adequadas.

Ernesto Stein

-----Mensagem original-----
De: Boris Flores Roman ciber-123@kguc.com.br
Para: Ernesto Stein <galfat-ernestein@ speedy.com.br
Data: Sexta-feira, 14 de Janeiro de 2001 16:29
Assunto: Novo lar

Oi, filho de uma puta, amigão de farras e comedor de bocetas insaciáveis.
A situação no momento é a seguinte: me ajeitei num canto de um "quarto" quando invadimos um prédio abandonado aqui na Liberdade e fui logo correndo para o quarto andar, onde tem uma vista bonita do Vale do Anhangabaú. Ali

me abanquei, sem oposição dos camaradas, até porque o Miguel se entende com o líder dos "sem-teto": os dois foram criados juntos lá em Natal.

Puxo meu fuminho na hora do seu serviço e acendo um incenso para desbaratar. A mulher sabe disso; ela de vez em quando me dá um pedaço de bolo que ela mesma faz. Ela está grávida, cara, mas não pense mal da pobre coitada; não estou a fim dela por dois motivos: o trintão do marido e a barriga dela. Estamos vivendo juntos e a separação do espaço é feita com um lençol pendurado numa corda. Quando os dois querem transar, ligam o rádio, tipo rock pauleira (como se vê, rock serve para alguma coisa honesta). Miguel é gay, mas até agora não deu em cima de mim. O depravado filho de uma puta é um adúltero, ceva um efebo negro com alguma erva e trepa com o pai, um soldado da GM, que gosta de um rabo e de uma graninha para a cerveja. Sabe quais são os meus bens? Um colchão, duas mudas de roupa de cama, dois jeans, duas camisas, três camisetas (funk, Sepultura e uma com um desenho incrível de uma folha imensa da cannabis sativa), um tênis, quatro meias (uma delas furada), dez livros (um de poesia do Sérgio), um abajur, uma caneta ponta fina e um caderno de espiral que acabará num diário. Cara, alimento a esperança da posteridade. Em cima de um caixote, duas fotos: uma da Cássia e uma nossa, no jardim de infância. Que tal? Acho que logo logo o governo vai expulsar daqui esses coitados. Mas não vamos sair daqui sem mandar uns putos para o hospital. Tenho alguma grana para preparar alguma boa sacanagem contra esse governador filho da puta, desse presidente de caralho mole. Este é o meu dia-a-dia: pernas para o alto, mas amigo, não tenho planos, afinal Jesus Cristo que era Jesus Cristo tinha planos e veja o que aconteceu com ele.

Bem e o nosso mestre Rodolfo? As hemorróidas ainda lhe impedem o amor pleno e profundo? Uma notícia: quem esteve atrás de mim foi aquele delegado, amigo do meu pai, o tal de Marques. Fui até a delegacia, coisa de rotina. Perguntou de você, do Renga, bobagens. Ficou superinteressado na chegada do tal de Montoso, o espanhol que se hospedou no Casarão. Afinal, quem é esse cara? Disse a verdade: quem conhece esse espanhol é o Álvaro. Diz que o caso lhe interessa pelo aspecto literário. Depois quis saber se eu era idealista. Falei que sim e ele tripudiou perguntando se eu defendia o "efeito estufa" ou as baleias ameaçadas pelo Homem... Mas que grande filha da puta: ou é bicha ou débil mental.

Do seu amigo (apaixonado por Cássia)
PS. O dono do Cyber Café, de onde te acesso, é amigo do teu pai. Pode responder que ele me avisa (acho que é gay).
Boris

PS 2. Que tipinho vulgar de emprego você está metido, cara? Esses putos vão comer teus miolos, cagar em cima de teu esqueleto, enlamear sua biografia. Essa gentalha só mesmo o seu pai conhece (sem ofensas, sei que são ossos do ofício).

PS 3. Cara, adoro a minha turma punk. São uns caras que nunca ouviram falar em anarquismo, comunismo, mas são loucos por uma briga, porradas, pneus incendiados e com um pouco mais de conversa, vão atrás de um líder para fazer coisas ainda maiores. É esperar para ver.

30
BELA MÚSSIO

Rodolfo, de terno limpo, apanha Cássia após a última sessão.
— Vai me contar? É um mau sinal quanto se fica deprimido com a felicidade.
— Estou contrariada com o meu coração — finge.
— Pênis contra xoxota, Boris versus Kiss — ri, debochado.
— Que bela educação. Você saiu da ralé de Praga e de Brecht, só cruzou com ele quando ele saía de um banheiro enxugando a mão, seu babaca.
— Minha Mússio, minha estrela, você é tão bela. Mas vê se esquece o macho. Sempre preferi pecadores a santos, a Kiss é menos perigosa.
— Como assim?
— Kiss é o que é. Topa um *ménage à quatre*, sem nenhum remorso, sabe que são coisas da boa vida. Já os dois mandriões agem como duas virgens. Boris é o mais louco. Não acredita em nada, por ele o mundo poderia arder, estou certo ou não?
— É, não sei. Mas, mudando de assunto, cadê teu suspeito? Como vai desmascarar *Qualquer*? Álvaro está atrás disso.
— Que conversa é essa? — reage Rodolfo. — Você quer me foder?
— Você que andou espalhando que sabia a identidade de *Qualquer*! Agora quer tirar o cu da reta?
Cássia segura a mão de Rodolfo, para apoiá-lo.
— Olha, esquece: bicha não tem credibilidade, depois, se você soubesse alguma coisa, já teria aberto a matraca. É quase certo que ele vai pedir pra você convencer o Boris a não morar com o Miguel.

– Aquilo é um veado teimoso.
–Você não tem idéia de onde eles moram?
– Moram, não. Devem vegetar sob um teto, é o que basta para eles.
– Uma merda, Rodolfo. Um prédio invadido. As pessoas trepam debaixo de cobertor – diz, com nojo.
– Bom, tchau, vou caçar.

31
ALGO DE OBSTINADO

Álvaro, ainda no computador:

Ainda ouço o galego, sua fala desce lenta como a chuva de suas montanhas, conta-me de suas buscas em Barcelona, doa esperança como se dá água para um morto de sede, aos pequenos goles, mas, como uma paisagem nevoenta espantada pelo sol, a imagem de *Qualquer* se delineia: tem mais ou menos nossa idade, é da Galícia, a mãe conduziu o bebê para Portugal. Por esse rumo trilhava Raposo e *Qualquer* sabia seu perigo, sabia o odor que deixava esvaecer-se de seus pêlos e reinava pelo ar e por isso a decisão de matar, mas como veio a saber? Falaria com Marques, sentira-se aliviado: passaria para ele as informações, afinal depois de tantos anos da Revolução Espanhola, onde até as ruínas foram destruídas. A vida é uma cagada em diversos atos e *Qualquer*, além de tudo, nos faz viver uma espécie de opereta sem graça. Lembro-me de Iliana a cada vez que entro no computador e como ela me olha e sorri, penitencio-me, se a amasse tanto, como me tenho dito, já teria morrido há muitos anos atrás, sua sombra poderia ter me ajudado a puxar o gatilho da Enfeld. Será que sua memória só perdurou pela sua morte trágica e nesses tempos ressurge sob o sentimento da vingança? Ela diria que a violência de sua morte havia me tirado o gosto por tudo.

* * *

Álvaro resolve procurar o delegado Marques acompanhado do Montoso:
— Pronto, estou pronto para lhe passar Montoso.
— Montoso?
— Marques, não me subestime, ok?
— Teu Montoso veio ajudar a esclarecer os crimes ou se vingar?
— Não sei — responde Álvaro — quem poderá dizer por que veio para cá? Mas escuta esta — concede-se uma pausa e começa a contar a partida de Montoso, de Compostela para Barcelona, um Caminho de Santiago às avessas, e o retorno à Galícia.
— Vianna do Castelo então surgiu.
— Portugal?
— É, Portugal. *Qualquer* cresceu lá. — Levantou-se, abriu a porta da sala e, com um gesto, chamou Montoso — ele vai lhe contar o resto.

O galego senta-se à frente de Marques e põe-se a falar.

— Una caminhada se inicia com un passo — pontifica e continua, num tom maior — tu sabes, en Galícia há una historieta gaia que narro ao doutor delegado. Bien, sob uma elevacion, tenia um toro e seu hijo miravam algunas vacas que se espalhavam pelo pasto. Lo hijo falou ao viejo toro: "papa, bamos correr e comer a boceta daquela vaquinha que está meio desgarrada". O viejo padre touro nem se dignou a mirar su hijo y respondeu: "hijo mio, nada disso, bamos bien devagar, sem correrias e fodemos todas elas". Que tal?

— De onde você saiu, Montoso?

— Da Idad del Fuego, de la gloriosa Revolucion Espanhola: una tierra ingrata es la Espanha, a bebido lo sangre dos melhores fijos, de madre a madrasta, alguns bons sobraram, mui raros como diamantes, si yo soy una pedrida? Soy un cascalho más não cheiro mierda quando me amassam as ferraduras dos caballeros que passam sobre yo, tenia una cátedra en Salamanca, Franco me fez catar papiel en Madrid, me escondi atrás de barba y trapos, aborrascado gastei tiempo e sudor para olvidar o idioma clássico, tive que escalar montanhas de saber, jogar no lixo todo o apreendido en la Universidad, ganhar sabedoria, nivelar-me ao vulgo... Con los ojos ainda cerrados vejo Compostela delineada como uma maquete, las vielas ordeiras en suas ondulaciones do terreno inquieto de Compostela, un sol sarcástico arriba del horizonte recortado pelas cruzes de las igrejas; camarada Marques, enforcamos mui pocos curas por lá, queimamos mui pocas igrejas, non entendas mal, non que nos faltasse el ódio a los malditos curas de mierda más pelo cordón umbilical que nos ligava a nuestros padres y madres y avuelos y longas geraciones de muertos que se espalham nos túmulos úmidos de nostra tierra umidaseca, com seus semblantes hirtos nas tumbas, todos com sus tercios en las manos emplorando a San Tiago, yo nunca temi muertos pois es um temor insano, pero respeitava su sonhos, mesmo sabendo que los viermes los haviam comido, bejei la mano de mi madre, tañido me fue, un dia, outro dia e mas otro caminava para un vasto destierro, no limbo del ódio, estava febril, dia e noite vagueava pela triste Espanha, ouvia os ayes, as lamentaciones das madres, mas doutor delegado Marques, me parece que és lo viejo toro de la história, tiene paciencia de sábio, bien, doutor, en un crepúsculo, en Andaluzia, en que las nuvens deslizavam con suavidad de una pintura de Murillo, pense si los mios antepassados tenian servos en los Andes, eles estavan convencidos que era necessário mantener la ordem y fazer con que los nativos prestassem serviço con grande alegria, también possuiam lanças en la África, forca y torniquetes, teniam hasta un frade que los confessava y una bela condesa, algunos eran gente del comércio, finos nos lucros, pero capaz de alçar as vozes, rogar pragas com las perdas, y entoces me consoley: paciencia Montoso, paciencia hombre, irás encontrar Quiroga.

— Mas quem é Quiroga? — interrompe Marques.

— Companhero de mi hermana, arrestado por mis camaradas do PCE. Afinal Quiroga era de lo SIM.

— Um anarquista?

— El doutor sabe mui bien quien eran los personagens de la nuestra revolucion. A única esperança dos vencidos e non ter esperança alguma.

— Torci por Franco, vibrei com Moscardó e com a frase "Viva la Muerte", mas isso é uma história enterrada. Quem deseja heróis, no Brasil? Agora, vamos de tapete voador a Vianna de Castelo — encara Montoso.

32
ATRÁS DO RELÓGIO

Qualquer respira fundo. As recordações dos corpos tombando ao chão aglutinam-se. Rúbio e Raposo fundem-se. Retira do bolso um relógio antigo, relógio de bolso; abre a tampa posterior retira uma pequena folha de papel de arroz. Dá-lhe corda e ajusta o dia e o ano, 1946, dia primeiro de março, quando segurou a mão de sua mãe a andar pela praça da Erva. Ela havia lhe dito:

– Quero que tu te lembres, quando estiveres em outro lugar, desse dia e dessa hora – retirou da bolsa o relógio de prata e lhe entregou. – Era do teu avô e depois foi do teu pai. Ele o deixou em casa quando os comunistas o levaram para a morte. Agora é teu. Ao ficares com maior idade, olhes para ele, em todos os momentos que puderes, e lembre-se do que tua mãe lhe pede: tu te vingarás desses homens impiedosos, daqueles que consideram que os fins justificam os meios. Eles matam em nome de uma ideologia falsa e assim, quando estiver à altura da tarefa, escolha três, qualquer três, pois essa gente é uma só e reza uma única prece, ensinada por Stalin. Escolha três; serão os escolhidos para nossa vingança, pois dois foram que prenderam teu pai, mas não te esqueças do chefe: foi o comissário que o condenou. Vou escrever e guardar a frase dentro do relógio. Sabes o que estou a falar? Pobre criancinha; teu pai, teu avô se foram... Agora só pode contar comigo, uma pobre mulher.

Qualquer respirou fundo, como nos instantes que Rúbio lhe dava a nuca, que Raposo lhe ofertava a cabeça... E assim será com Álvaro.

* * *

De sua parte, Álvaro lembra-se da noite em que Raposo lhe telefonou, eufórico, dizendo que estava perto da toca da raposa.

Só agora, porém, examina a pasta com as informações que Raposo conseguira sobre *Qualquer*. Vê o mapa urbano de Vianna de Castelo, nomes curiosos Campo da Agonia, rua de São Tiago, Portela de Baixo... e uma indicação, número seis ou oito.

Acende a luz da sala, arrasta uma cadeira junto à mesa e inicia a leitura do material.

A quem possa interessar – Raposo T. de S. Loureiro Neto

1

A situação é a seguinte: um anarquista galego, em nome de sua ideologia, assassinou, há décadas, um patriota brasileiro e ameaça, hoje, assassinar outros tantos. Por enquanto, trata-se de uma ameaça velada, sem solidez legal para uma representação às autoridades competentes. A maioria dos ameaçados reside no Condomínio Mutirão, são nossos amigos há décadas e pessoas respeitadas em suas atividades universitárias, literárias e empresariais. Eles o denominam *Qualquer*, pois desconhecem sua identidade. Especula-se que seja um dos antigos camaradas, pois seus atos revelam seu profundo conhecimento da rotina de nossos amigos e de nosso passado.

Este relatório nasce, portanto, da necessidade de se descobrir a identidade desse ser patológico. Valho-me dos recursos humanos e físicos desta Casa e de seus honestos e competentes funcionários, que, doando seus preciosos tempos, me ajudam nesta tarefa.

Sabemos que *Qualquer* e sua mãe fugiram da Galícia e foram para Portugal, onde fixaram residência na cidade de Vianna de Castelo. Lá trocaram de identidade e acabaram por desaparecer no seio daquele povo fronteiriço. Sua última comunicação com Corunha, sua terra natal, deu-se por um cartão postal, sem assinatura, mostrando o Largo de S. Domingo, praça de Vianna do Castelo. Nele havia – assim garante o nosso informante, que teve acesso aos documentos da família de Quiroga – frases enigmáticas: "Três e meia da tarde. O sol esquenta os vivos mas não os mortos. Sangue manchará a terra de lá".

Depois, sabe-se que a mulher jamais escreveria outra carta, nem perguntaria por nada sobre a Espanha; tratou de desaparecer no pó da História, sem deixar rastros. A mulher jamais reviu ou foi vista por gente conhecida.

Nosso relatório fornece dados recolhidos por nosso amigo policial que chegou há pouco de Vianna do Castelo. Diga-se, a bem da verdade, que o policial aproveitou-se de suas folgas para nos ajudar. Transcrevo aqui a conversa que tivemos sobre *Qualquer*.

— Vi a casa onde ela morou. Ficava numa esquina, como todo bom esconderijo exige. Entrevistei um vizinho da mãe de *Qualquer*, que me mostrou um antigo cartão postal e uma foto sua, desbotada. Era uma mulher clara, de rosto fino e olhos vibrantes, que encarava a câmara fotográfica com um ar de desafio. O homem desconhecia que ali havia morado uma criança.

— Como ela se chamava?

— Maria Eugênia Veloso. Um nome falso, claro. Vivia sozinha. Costurava, lavava, quase nunca saía de casa.

— E a criança?

— Ela ficava numa vila próxima, com umas freiras. A mulher lhes pagava uma ajuda de custo, pouco a levava para casa. Vivia a chorar de saudades, segundo as pessoas que a conheceram e ainda moram por lá. A única pessoa que ela recebia em casa morreu há uns dez anos: era viúva e sem filhos.

— Ninguém nunca viu a criança?

— Nas poucas vezes em que Maria trouxe a criança para casa, chegou à noite e partiu de madrugada. Num desses dias, fez as malas e partiu para o Brasil. Não deixou endereço, nem se despediu. Mas descobri o dia da viagem: 23 de agosto de 1947. Terceira Classe. Ela desembarcou em Santos, como imigrante. Mas sabe a maior da história?

— Trocou de nome?

— Que nada. Desembarcou uma Maria Eugênia Veloso, mulher viúva e sem filhos.

— Como assim?

— Consegui a lista de passageiros. Um casal de anarquistas certamente assumiu a criança. Tome — passou-me a lista, não muito extensa, com nomes de casais com filhos. — Um desses adotou *Qualquer*.

É nisso que estamos trabalhando. Consegui um emprego no Senado para a amante de um delegado da Polícia Federal e ele, em troca, está checando a lista: nome por nome. Faltam poucos suspeitos: uns dez, no máximo.

Agora, faço uma pausa para repensar meus métodos de investigação: primeiro, tentar saber o significado e a intensidade da vingança que move esta criatura pré-histórica ao seu destino. Assassinou Rúbio, um dos nossos companheiros, há mais de trinta anos. Desapareceu no tempo e ressurgiu das névoas, escreve bilhetinhos, amarra fitas em cães, rouba tapes, nos assusta como se fôssemos crianças.

Numa recepção, no Senado, aproximei-me do adido cultural da Espanha. Sabia que ele era galego. Trocamos algumas palavras até que lhe perguntei, para puxar o assunto, sobre a língua galega, qual o progresso no ensino do galego nas escolas. E, como quem não quer nada, resvalei no assunto da imigração galega. Inventei um parente que aportou em Santos na década de 40 e que desapareceu do mapa. Disse a ele que havia uma herança e vultosos bens dados como perdidos pela família em jogo. Mais uma vez minha experiência no Senado me valeu e o homem me indicou um arquivo oficial.

* * *

Álvaro pega o celular.

— Renga, onde você está?

— Na entrada do Mutirão. Vou para casa, tomo uma ducha e vou beber um vinho com você.

Na porta da entrada, sentado sob o beiril, dá de cara com o Ernesto encarando-o.

— Olá, até que enfim, o filho à casa torna.

— Empresta algum?

— Posso sair do carro e entrar para me refrescar? Assim, quem sabe meu bolso não fica mais fácil de abrir — sorri.

— Pode ser.

— Perdeu o emprego?

— Perdi a paciência com a burrice alheia.

— Burro sou eu. Tenho um décimo do que ele tem e trabalho o dobro.

— Mas é um burro com sorte.

— Estou cansado. Estou pensando em me mudar para o exterior. Queria sua companhia. Você poderia estudar no Canadá.

— Estou acostumado com o Brasil. *Qualquer* também, pelo que parece. Mas e a empresa?

— É tua.

— Não gosto nem sou capaz de tocar uma empresa. Não sou um executivo, serei sempre um executado por algum patrão — retruca Ernesto.

— Não tem mistério: você manda e os outros, já acostumados, obedecem.

Ernesto dá uma volta pela sala e vai para a cozinha, sempre acompanhado pelo pai. Abre uma lata de cerveja.

– Você não pode me deixar sozinho, porra. Não gosto de trabalhar atrás de mesa.

– Estou ficando velho, cansado, com um louco querendo me matar e você só pensa na sua porra de mesada.

– Uma divisão de tarefas: você trabalha, eu gasto e o dinheiro circula para os mais necessitados.

– Não posso acreditar que você é capaz de deixar seu pai na agonia de ser morto por *Qualquer*, só para fugir das responsabilidades. Vai se juntar ao Boris e ao bicha?

– *Qualquer* vai te esquecer, pode crer.

– Nesse caso, morrerei sozinho nessa cama – diz Renga, dirigindo-se ao banheiro.

– Pega minha carteira no bolso e tira o quanto quiser.

33
SÓ OLHAR

— Já fez as malas? – pergunta Rodolfo.

— Malas? Ah, sim, pouca roupa cabe em qualquer lugar – responde Kiss.

— Me diga uma coisa: sei que boceta é o maior capital que Deus deu a vocês, mas de onde saiu a grana para assistir ópera no *Colon*, vinho de primeira classe...?

— Ah, não, aquela escrota deu todo o serviço.

— Mas que serviço? Não é crime passear. Imagino que a grana saiu do suor de alguma parte do seu corpo – ironiza. – Mas saiba que o delegado está de olho em todos nós e, se ele souber que vocês agarraram uma erva caída do céu, vai querer conhecer a história. Este Dr. Marques não me engana: com aquele arzinho de intelectual, é um terror para fazer a gente abrir o bico.

Kiss pergunta, conformada:

— O que você vai querer?

— Nada que você não possa me dar. Tua ajuda material, vamos entender assim.

— A grana foi toda para o pacote de viagem.

— Não, nem pensar. O que é de vocês é de vocês e ponto final. Quero só entrar naquele apartamento e olhar umas coisas. Sei que você é especialista em arrombamento.

— Só olhar? – desconfia Kiss.

— Olhar e tirar umas fotos, palavra de Rodolfo.

— Quando?

— Hoje à noite. Do Boris a Cássia cuida; mais tarde, no leito nupcial, você acerta com ela — brinca.

— Eu também quero olhar aquela gaveta secreta, fuçar.

— Mas só eu vou fuçar, entendeu?

Kiss pensa: "ele vai dar um jeito de pôr a mão nos dólares; assim, de ameaça o velho bicha passa a comparsa".

Kiss abraça-o com falsa efusão.

— Quem diria, hein, nós três, de artistas a arrombadores.

* * *

Kiss volta para a casa. Tinha cheirado umas duas carreiras numa nota de dólar e pensa: "porra, aquele bicha é vivo, alguma está aprontando. Duro como a bicha está hoje, topa qualquer jogada. Também, na idade dele, qualquer grana é lucro, qualquer dia a mais de vida é saldo positivo. Será que vale a pena marcar pontos com o Marques e dedurar o esconderijo? Marques, polícia safado, já me deu uma dica se eu fornecesse alguma pista; a Cássia que se foda com o seu Boris de merda; filho daquele Das Flores... Será ele contrabandista? Isso de conde do caralho lá na Sicília, terra dos mafiosos, só engana trouxa. Marques é um fracassado mas não é trouxa. Rodolfo vai querer encostar o Das Flores na parede e bicar algum e, se guardo um documento da pesada, bico eu também; se dedo, Marques vai ficar sozinho com a glória e a grana some do pedaço.

Rodolfo entra na sala.

— Vamos? Pegou a máquina fotográfica?

— Peguei.

Chegando à casa, Kiss quebra novamente a vidraça e entram.

Remexendo uma das cômodas da sala, Rodolfo acha algo. Fica alguns instantes imóvel com um objeto na mão, para depois girar, com a outra mão, o rosto de Kiss.

— Escafeda-se daqui, querida. Me deixe só.

— Eu sei que é o trato, mas tenho que recolocar essas merdas de tábuas no mesmo lugar. Vai rápido, hein?

Já do lado de fora da casa Kiss pergunta:

— Como é, tem mutreta por aí?

Rodolfo vê uma carta aqui, um colar ali, até que descobre um relógio de bolso. Abre-o e vê o rosto de uma mulher pálida pelo desgaste do tempo. Vê cartões postais, fotografias antigas...

— Pronto, vamos — diz Rodolfo, enquanto sai pela janela.

34
PASSOS FINAIS

Marques abre uma pasta envelhecida. Trata-se da pasta 1245/64, referente ao assassinato de Rúbio Delgado, que estava no arquivo de assuntos não resolvidos. "Aguardam-se novas investigações que serão conduzidas, em sigilo, pelo DOPS" é o que consta da última linha da folha de papel.

Do antigo Dops, nada. Não havia indício algum de assassinato oficial; apenas alguns rastros de acerto de contas entre os comunas.

Marques liga para Álvaro e confirma sua ida à reunião. Tenta sondar o tema e os convidados: Álvaro é escorregadio como um peixe.

– Às nove.

– Vou enfim conhecer o famoso Das Flores e sua mulher?

– Com certeza.

Marques desliga o telefone.

* * *

Álvaro relê o e-mail enviado ao Renga sobre estranhos fatos que havia detectado.

de: alvaro mutirao@kguc.com.br
para: renga <rengastiom@ speedy.com.br

Renga

Leia meu relato, pondere e bico calado, até a reunião. Acho que estamos numa terrível enrascada que vai exigir da gente algo que apenas juntos e unidos — digo, nós, os velhos camaradas — podemos realizar. O Rodolfo só deixou que eu falasse com você sobre a reunião. Ele tem medo de *Qualquer* e promete revelações sobre sua identidade.

Álvaro.

PS. Desconsidere a forma, pois estou elaborando uma espécie de diário. Sérgio tem uma parte, mas como ele pirou, passo a você o que escrevi.

No princípio tornara-se um embaraço: o velho polonês surgira do nada, um ponto negro que cruzava o espaço do Mutirão. Batera na minha porta, ficara no beiral do Casarão, calado. Ainda mudo, sacou do bolso do paletó um pequeno embrulho. Eu também me calei (não saberia perguntar outra coisa senão o que o trazia para mim e o que havia no pacotinho). Por fim, sentou na sala, com a cabeça erguida. Rodolfo havia se transformado: perdera o ar servil, olhava-me nos olhos, diria até com insolência. Afinal, perguntei sobre seus planos futuros no teatro.

— Não vou mais atuar.

— Pensei que ser ator fosse um vício irreversível como a viadagem.

Levantou-se e indicou minha caixa de charutos.

— Posso?

— Claro.

Após acendê-lo, ele sentou-se e depositou o maldito pacote na mesinha à minha frente.

— Olhe.

Abri o embrulho. Era um estojo, que guardava um relógio de bolso, antigo pela estampa gravada na prata. Surgiu um mostrador de porcelana, como era o usual no início do início do século passado. Instintivamente, girei o relógio e fui desentravar a lâmina posterior. Descobri uma fotografia emoldurada de uma mulher; uma mulher morena e altiva que olhava para o olho da máquina fotográfica como se desafia um animal hostil. Rodolfo demonstrava, na maneira em cruzar e descruzar as mãos, sua avidez em fornecer as explicações que eu ia pedir.

— Veja, na base da foto, o ano e o lugar onde foi tirada.

Não conseguia decifrar suas palavras. Levantei-me outra vez e procurei, na minha escrivaninha, uma lupa, mas o velho antecipou-se.

— La Corunha, 1935. É uma galega.

— E daí?

—Você não sente o cheiro de *Qualquer*, nesta foto?

—Onde você a encontrou? – tentei ser o mais frio possível, mas ele percebeu minha ansiedade.

— Respondo com um ditado de vocês: é aí que a porca enrola o rabo. Não é hora de revelar mais nada.

— Quanto é?

— Hã?

— Quanto você quer pela informação?

Tirou algumas lentas baforadas do charuto e respondeu num tom comedido, de quem deseja um reconhecimento moral.

— Quero voltar para o Mutirão e dirigir o teatro. Casa, comida e trabalho. Muitas revoluções foram feitas apenas com essas três palavras.

— Aceito. O que mais você sabe?

— Não preciso dizer para você que corro risco de morrer, né? E não me olhe desta forma, não vou mais abrir o bico.

Imagine a cena: ele levanta-se, aproxima-se de mim e, apoiando suas mãos esquálidas nos meus ombros, com uma confiança que me desnorteou, ditou as regras.

— Preciso do teatro, dos antigos camaradas de Partido, todos, inclusive o Dr. Marques. Quero todos os amigos sentados na platéia.

— Quando?

— Domingo. Domingo sempre é um dia bom para aclarar as coisas.

— O que digo eu para agendar esse encontro maluco?

— Ora, use o retorno de Das Flores, depois de três meses como conde na Sicília. Das Flores poderá ajudar, inventando um mote.

Despediu-se e como chegou partiu. Ah, e carregou o pacotinho com o relógio. Agora cabe a mim armar o cenário para a peça, cuja direção será de Rodolfo. A comédia do polaco será notícia, pena que na sessão policial.

Rodolfo havia falado com Boris.

— Meu Deus, Boris, você precisa de um banho.

—Você me daria um banho?

— Teria prazer, mas Cássia é uma cadela ciosa de seu cão – ri, debochado – você me dá uma carona no domingo?

Boris irrita-se.

— Quem teve essa idéia maluca? Meu pai homenageado, mas que porra!

—Vou estrear uma pequena peça de um ato, com Cássia e Kiss.

— Então vou por ela.

— E por mim? — ele riu.
— Tá, você merece. É alguma viadagem especial?
— Sou um homossexual sério, não viado.
— Nossa, até para dar o rabo há uma hierarquia?
— A hierarquia foi criada exatamente por quem dava o cu.
— O Miguel é uma bicha socialista, sem chefes, sem mandatos, sem trono, não é Miguel?
— Miguel estaria melhor num pronto-socorro — comenta Rodolfo ao olhar para o corpo jogado na cama, como uma trouxa. — O que ele se injetou?
— Heroína.
— Meu Deus, de onde ele sacou a grana para isso?
— De seus talentos artísticos.
— E de um empréstimo seu, não é?
— Mas, voltando ao assunto: todos vão? Todos vão para o Mutirão, assim, sem mais nem menos?
— Todos. Uns para ver a minha peça, outros para atacar o vinho do Álvaro.
— Não acredito em nada do que você me diz, velho polaco de merda. Festa para o Das Flores e a Beth! Cara, tem mutreta nisso.
— Sou um ator, mas a coisa é séria. Faça por mim, porra. É a última vez que encaro um palco.
— Então tá. Domingo passamos aqui para te pegar.

35
A REVE-
LAÇÃO

É Sábado. *Qualquer* permanece no bar da rua Sete de Abril. *Qualquer* enfia a mão para dentro da capanga e alisa o revólver. Pega um papel do bolso, onde se lê: "Pobre Rodolfo, chegou de tão longe, envelhecer nos trópicos e morrer por uma pendência estranha: polonês sempre morre por brigas de outros."

Por fim, Zezé surge, com a cabeça baixa. "Isso é um mau sinal". Permanece de pé, à frente de *Qualquer*.

– Sem mais conversa. Acabou.
– Não para nós – *Qualquer* arrisca um argumento.
– Para todos. Stalin morreu, o muro caiu, tudo morreu, o século morreu.
– Menos a prisão, não quero morrer na prisão. Rodolfo tem as provas e a chave.
– Você tinha que carregar o passado!
– Sem ele não sou nada. Aquela terra da Galícia é dos meus.
– Fique com eles, eles merecem. Mas e eu com isso?
– Zezé, não ponha véu para esconder o sol. Vamos limpar, para sempre, nossas vidas.
– Você vai e resolve. Sou um velho, vivo só.
– É isso?
– É isso.

Qualquer levanta-se e atravessa a soleira do boteco. Os camaradas anarquistas então se despedem com um aceno de mão.

* * *

Ao perceber que a fechadura é tocada, puxa a arma para a mão direita. Quando bate com os olhos em Rodolfo, *Qualquer* não se engana.
– Eu sou aquela que você procura.
Beth mira seu rosto pelo espaço de sua arma.

POSFÁCIO

UM ROMANCE SEM ILUSÕES

MÁRCIA DENSER

Conheci Astolfo Araújo em meados de 70, quando eu própria, aos vinte e poucos anos, era menos que uma escritora estreante, naqueles turbulentos, excitantes anos pós-AI 5, pós-maio de 68. E o conheci num almoço na casa dele, conversando com o já consagrado Ivan Angelo, de *A Festa*, uma longa feijoada num sábado à tarde de novembro, uma vez que AA era um dos três editores da *Escrita* (os outros eram Wladyr Nader e Hamilton Trevisan), revista especializada em literatura, que iria revelar para as décadas subseqüentes nomes como Luiz Vilela, Domingos Pellegrini Jr., Flávio Moreira da Costa, Adélia Prado, Olga Savary, Moacyr Scliar, Deonísio da Silva, Carlos Nejar, Antonio Torres, o citado Ivan Angelo, Caio Fernando Abreu, Luiz Fernando Emediato, Roniwalter Jatobá e eu mesma.

Mesmo sem se dar conta – ou talvez porque o engajamento a uma causa ou ideal fosse a atitude inerente ao intelectual que se prezasse na época –, Astolfo envolveu-se profundamente na construção duma nova fisionomia para a Literatura Contemporânea, e hoje, passados quase trinta anos, e após o balanço de nomes acima, foi sem dúvida um dos seus responsáveis.

Além de editor, naquela época Astolfo Araújo era mais cineasta – o cinema é uma forma mais direta e rápida de interferir na realidade do que a escrita, e os tempos pediam ação/revolução imediatas. Com *As Armas* ganhou o prêmio de direção em longa-metragem em 1978, *Ibrahim Do Subúrbio* foi premiado no Festival de Gramado e *O Quarto* representou o Brasil no Festival Internacional de Locarno, na Suíça.

AA é sobretudo um artista contemporâneo, um intelectual e testemunha de seu tempo.

O romance *Devoradores*, seu segundo no gênero, representa (sem perder o mote marxista de época) um salto qualitativo na obra de AA, inserindo-o definitivamente na linhagem dos *tough writers* (escritores durões), como Hemingway, Steinbeck e Dashiell Hammett, porém **com profundidade reflexiva** – eis o avanço literário de AA em relação aos norte-americanos citados, derivando num hibridismo específico (ação/reflexão) na prosa pós-moderna e contemporânea brasileira, que geralmente se manifesta no binômio ação/intuição, ou seja, numa mescla de prosa poética e prosa antiliterária, a qual me refiro em pesquisa recente.

Trocando em miúdos: a narrativa antiliterária dos escritores durões (desenvolvida no Brasil por Rubem Fonseca e Dalton Trevisan) privilegia as *formas da ação*, os fatos puros, abolindo intenção e reflexão, restringindo ao mínimo os adjetivos, e representa a reação contra o psicologismo e as conquistas formais da prosa intuitiva ou poética. A escola hemingwayana – antes um reformatório, segundo Julio Cortázar que chama a atenção para esta fuga do luxo verbal como algo que conduziria fatalmente *ao luxo da ação, pois a ação narrada está tão absolutamente realizada como ação, que se converte em virtuosismo de equilibrista, estiliza-se, desumaniza-se, esgota-se*. Realmente, tal linguagem resultou no *nouveau roman* francês de Alain Robbe-Grillet e Nathalie Serraute, em obras saturadas de ilegibilidade.

Mas uma linguagem nua e crua, despojada, respondia mais ou menos à provocação de Jean-Paul Sartre: *O prosador, digamos o romancista, é um homem que escolheu um certo modo de ação secundária*. (Cortázar, 1974:75)

Coerente a seu tempo, AA tornou-se cineasta (ação/revolução já), mas sua maturidade literária e inserção na contemporaneidade cristaliza-se nessa obra escrita em 2000: a profundidade reflexiva também requer tempo e este não passa em vão.

Este romance tem o clima de 60, Cuba, Marighela, Brecht, Truffaut e o horizonte utópico do engajamento. Que hoje, na pós-modernidade tardia, são satanizados como "desacontecimentos".

Devoradores, sem expiação de um pecado e o sofrimento do pecador. *Devoradores* é o pecador em ação. Anarquistas iniciam os fatos que se sucedem: a Guerra Civil Espanhola, as lutas entre anarquistas e comunistas. O ódio que gera ódio. Álvaro inicia a história falando das mortes de Rúbio, Iliana e Raposo, e das circunstâncias em que ocorreram.

Chamo a atenção especial do leitor para a construção dos personagens em AA, sobretudo para os diálogos duma precisão, profundidade e frieza cirúrgicas, sem paralelo em nossas ficções atuais.

Se em *Via Carnal*, seu primeiro romance, AA apresenta o homem levado ao seu limite, resumido aos seus *moments décisifs* como aponta Roniwalter Jatobá, em *Devoradores* o autor amplia a consciência do Passado, de fatos da nossa História recente, a partir duma perspectiva do Presente, à qual se somam, implicitamente, a queda do muro de Berlim, o colapso da União Soviética e do socialismo real, a sociedade do Capitalismo Triunfante, do Consumismo, da Ideologia do Pensamento Único, ou seja, um coquetel (em analogia ao mote marxista de época) de efeitos imprevisíveis, sem prospecção de Futuro.

O CASO APAIXONADO

A ETERNA JUVENTUDE DA LITERATURA

Recomendações para todas as idades

O ELEFANTE INFANTE

Rudyard Kipling
Design do livro | Raquel Matsushita e Marina Mattos
Diagramação | Juliana Freitas
Tradução | Adriano Messias
Ilustração | Fernando Vilela
Edição trilíngüe | português-inglês-francês
ISBN 978 85 85653 85 9 | 72 páginas

Rudyard Kipling, Prêmio Nobel de Literatura (1907), escreveu esta linda história sobre um elefantinho muito curioso, que atravessa a África inteira e os tempos procurando descobrir o que o crocodilo come no jantar, para sua filha Josephine, que morreu de pleurisia aos 8 anos. O elefante ainda não tinha tromba, mas, ao voltar, seu nariz marrom havia evoluído formando uma tromba muito útil. Esta foi a forma de Kipling ensinar literariamente às crianças a teoria da evolução das espécies de Darwin (talvez a viagem do Elefantinho tenha durado 26.000 anos). O resultado é esta obra-prima. Para ler e contar.

O SAPO APAIXONADO

Donizete Galvão
Apresentação | Betty Mindlin
Design do livro | Raquel Matsushita e Marina Mattos
Diagramação | Juliana Freitas
Ilustração | Mariana Massarani
ISBN 85 85653 87 6 | 32 páginas

Desde criança, em Borda da Mata, Sul de Minas, Donizete Galvão ouvia a lenda de que se um sapo grudar na mão de um menino só sairá dali quando houver uma trovoada. Para sua surpresa, foi encontrar um caso semelhante nas narrativas dos índios Gavião recolhidas por Betty Mindlin e Sebirop Catarino, entre outros narradores, no livro *Couro dos Espíritos*. Livremente inspirado nesse curto episódio, *O sapo apaixonado* fala, de maneira muito bem-humorada, do respeito à natureza, das regras da convivência com ela e leva o jovem leitor ao universo mitológico dos indígenas.

O HUMANISMO EM CLARICE LISPECTOR
UM ESTUDO DO SER SOCIAL EM A HORA DA ESTRELA

Ana Aparecida Arguelho de Souza
Design do livro | Raquel Matsushita e Marina Mattos
Diagramação | Juliana Freitas
ISBN 85 856 538 68 | 149 páginas

Nesta obra, Ana Arguelho investiga entre o projeto estético de *A hora da estrela* – e última narrativa de fôlego de Clarice Lispector antes de sua morte, em 1977 – e a ideologia nele subjacente, apreendida por meio dos recursos literários com os quais a autora desconstrói o humano. O processo de desumanização em *A hora da estrela* caracteriza de forma marcante as personagens, especialmente Macabéa, sua protagonista. Ao trazer a público uma personagem desse porte, Clarice discute, por meio de sua vigorosa literatura, por um lado, toda a problemática da narrativa própria do século XX; por outro, exibe os bastidores do país nos anos 1970, período extremamente dramático para a cultura brasileira.

BIOGRAFIA DE NICOLAU MAQUIAVEL

Cosimo Ridolfi
Tradução | Nelson Canabarro
Design da capa | Raquel Matsushita
ISBN 85 85653 67 1 | 480 páginas | capa dura

Há livros que não são devidamente notados na data de seu lançamento. Este é um deles. A Musa foi pioneira em lançar a *História de Florença* no Brasil, que nos mostra o Maquiavel historiador. Há o mau hábito generalizado de que somente a leitura de *O Príncipe* baste para o conhecimento do Maquiavel. Sua complexidade, sobretudo sua atualidade para compreendermos os eventos e ventos de hoje, pede novas leituras. Esta biografia de Ridolfi não é mero relato de vida, mas um percurso pelos papéis do florentino, a história de suas missões diplomáticas e empresas guerreiras, fala da gênese de cada uma de suas obras, sobretudo da gênese de *O Príncipe*. Que o bom leitor espera para ver César Borgia em movimento, a ação dos papas e de outros príncipes e plebeus? Tarde ou cedo, leiam esta belíssima biografia de Maquiavel, obra-prima entre todas, fonte das demais publicadas pelo mundo sobre o múltiplo *desconhecido* Maquiavel. Esta *Biografia* celebra também o Maquiavel literato, poeta e dramaturgo.